素履浅迹

薛超 著

时代出版传媒股份有限公司
安徽文艺出版社

图书在版编目（CIP）数据

素履浅迹/薛超著. —合肥：安徽文艺出版社, 2024.4
ISBN 978-7-5396-7845-0

Ⅰ. ①素… Ⅱ. ①薛… Ⅲ. ①散文集－中国－当代
Ⅳ. ①I267

中国国家版本馆CIP数据核字(2023)第165621号

出 版 人：姚 巍
责任编辑：汪爱武　　　　　　　　封面设计：石 晓

出版发行：安徽文艺出版社　　www.awpub.com
地　　址：合肥市翡翠路1118号　邮政编码：230071
营 销 部：(0551)63533889
印　　制：安徽新华印刷股份有限公司　(0551)65859551

开本：880×1230　1/32　印张：6.375　字数：117千字
版次：2024年4月第1版
印次：2024年4月第1次印刷
定价：36.00元

(如发现印装质量问题，影响阅读，请与出版社联系调换)
版权所有，侵权必究

序　跋涉过乡野与山湖

曾经零星拜读了薛超先生的散文作品，也曾为作品中的大气势和真情怀而鼓动而慨叹，因此早早就期待能集中奉读薛超先生的大著，却遗憾一直未得饕餮享用。现在，机会终于来了。薛超先生的散文集《素履浅迹》已经编讫，即将出版面世。有幸先读者几日捧读，赶紧煮了一杯茶，到家居阳台的阳光、花草中，先睹为快了。

《素履浅迹》收录的近五十篇散文分为三辑。第一辑《山湖履痕》写山水与行旅。这些作品是作者几十年来或因工作学习，或借采访采风，或特意访山问水，踏访各地山川名胜，留下的一批厚实的旅痕游踪。第二辑《心念以往》写人生与亲情。这一部分作品写母亲，写父亲，写女儿，写姥姥，写舅舅，或长或短，或缓或急，或疏或密，或时有人生风雨，但所见总是亲情润泽，绵软流长。第三辑《世漪记微》写尘世与记忆，写故乡，写草芥，写生涩，写成长，写军旅，写美好，写千姿百态。

薛超先生生于农家，长在沿淮，像那个时代的许多农家子弟一样，他的青少年成长期既打上了深深的时代烙印，也充满着亲人的关爱与呵护的温暖,虽无奈于物质生活的贫乏和窘迫,但更受益于寒风酷暑中的坚持与前行。在作者的眼中,母亲的爱是无言、深沉、直入心底的。在乡野清寂的夜晚,当他读书或是写作业时,母亲总是在昏黄的油灯下穿针引线,缝补衣物,陪伴着他。于是在作者幼小的心灵中,就有一粒暖意的种子落下,生根并且发芽。在一个暑假中,作者用每天沿街卖报得来的钱,为母亲买了一个简单的穿针器,带回家乡,送给母亲,好让母亲穿针引线时少费些眼力。多少年以后,作者时常回乡看望父母,当他晚上睡下时,母亲仍习惯地坐在床头,拿起他脱下的衣服,寻找着脱线的纽扣,母亲一根根白发,总会不经意地刺破儿子的泪腺。少年时的穿针器早已不知去向,但母子之间的亲情,不会因此而打一丁点儿折扣。

在作者的笔下,母亲的深沉大爱,通过一个小小的穿针器展示得淋漓尽致,作者的视角是精妙而独到的,是奇巧又迷人的。母亲的爱,细微、贴心,没有瑕疵。而父亲的爱,则常常附带更多的生存、发展元素,因而更厚重、更沉重、更复杂,也更易困惑、更令人费解。父亲曾经的"退却",对家庭和作为长子的作者来说,是刻骨铭心的,偶尔或许还有不可原谅的念头掺杂其中。过后看来,父亲曾经是可以而且应该带着这个家庭走向富裕小康的未来的。20世纪50年代,正在麦场干活的父亲,听说集上有部队在招兵,于是跳上闷罐车,来到丹东,雄赳赳,气昂昂地跨过鸭绿江,赴朝鲜参战了。他与战友不畏生死,奋勇杀敌。战后回国,父亲参加了许多国家重点工程建设,学到了电工知识,复员转业后,到地方电厂及供电部门工作,成为优秀的技术骨干。可是性格弄人,父亲由于一生耿直无谄,又不善见风使舵,最终在20世纪60年代,告别了体面的工作和收入,带着体内几块弹片,怀揣几枚纪念章,回到家乡的田头,重新开始了务农生涯。

少年时的作者,或许对父亲所经历的人生颇有几分不解。可是父亲对子女的大爱,却宽广深厚,不会有半分缺失。作者记述他少年时随父卖红芋的经历,令人泪目。在那个物质生活十分瘠薄的年代,作者的家庭和当时许多农民的家庭一样,总要为几毛钱、几块钱而犹豫、发愁。于是父亲就在深秋带着儿子,拖几麻袋红芋到矿上去卖。五分钱一斤的红芋,在买的人看来,还是贵了。降到一毛钱三斤,仍然无人问津。渴了,饿了,父子俩就吃两个红芋垫补垫补。夜晚的路灯亮了,还剩下半袋红芋,回家的路那么远,不能再拖回去,连饭都不舍得买一口,更不可能花钱住旅馆了。秋寒逼人,父子俩找到电影院外一个有灯光的地方,打算就地凑合一晚上,第二天卖完红芋再回家。可是要命的是,身后的电影院里正在放电影,人物说话声和音乐声不断传来,让最喜欢看电影的作者心痒难耐。但是家庭的现状又立刻让他沉默起来。父亲不知道在什么时候离开了一会儿,回来时,作者看见父亲的手里捏着一张小纸片。原来父亲最懂儿子。那是他特意花了一毛五分钱,专为儿子买的一张电影票。

　　作者看了人生中最难忘的一场电影。从某种意义上说,这不是一部有具体内容的电影,而是一部关乎父爱、关乎深沉、关乎坚守、关乎责任的影片。或许从此以后,作者逐渐看懂了父爱这部大片,看懂了父亲的正直和执拗,看懂了父亲心里的黑与白,看懂了父亲的顽强与坚守,看懂了人生的某种得与失。此后作者的心路历程,我们从他的山水行旅中就看得很清楚了。《山湖履痕》这一部分,被列为《素履浅迹》的第一辑,是有其意味的,是作者心智、性情的精妙外化。薛超先生写山川湖泽的笔墨,较不同于一般的观山游水。薛超先生的行旅笔墨,或气势壮丽,或浩浩荡荡,或语言奇崛,或心境沉潜,或行云流水,或山崩地裂,时而汇入传统文化,时而融入原初本真。作者对于行山旅水,似乎别怀灵性。一走进壮丽山河,他顿时感觉情绪迸发了,开放了,畅意了,释然了,就自在了,就翻腾了。翻开作者的山水画卷,总是顿感风云扑面,去来锵然。在作者的笔下,崇山峻岭才是他的逆旅,大江大河才是他的心仪。作者透过自己的脚步和行程,来释放人生的积累,来附丽性情的指向,来抒发原装的文心,来歌吟人生的壮阔。

　　文学作品总是作者心性的流露和外显,来不得半点掩饰和装裱。薛超先生这部名为《素履浅迹》的散文集,也正是这样一部自带性情的作品。通过对作品的细细阅读,我们就能很清晰地看到:作者写亲情、少年,写军旅、过往的作品,是作者人生的素履;而作者写高山大川的作品,则是作者心智的附着和表达。选取"素履浅迹"作为书名,或许暗示着作者要表述的三个心理层面:第一个层面是实,实指作者人生和行旅的痕迹;第二个层面是喻,喻指一种朴素不花哨的境界;第三个层面是虚,虚指对轻与重、浅与深的人生脚迹的择取。没有少年的困惑、不解和窘迫,哪来眼里山川的浩美!没有略带苦涩的亲情的滋养,又哪来心中大漠的壮阔!外物的化育与我们心境的视点,总是相对相生、相辅相成的吧!

许 辉

2023年4月19日星期三于合肥南艳湖竹柏簃

(本文作者为中国作家协会全国委员会委员、中国作家协会全国散文委员会委员、安徽省作家协会第五届主席团主席)

目　录

序　跋涉过乡野与山湖　（许辉）／1

辑一　山湖履痕

朝拜巨湖／3

奇绝雄丽天柱山／7

青海湖情思／13

初识白马尖／18

灵山峡谷景色殊／22

初冬明堂山／28

漂流在剡溪／33

清幽静寂齐云山／38

拜谒黄冈赤壁／42

孤寂虎台／47

熏风暖阳访高邮／52

那片菁菁的绿林 / 56

辑二　心念以往

情结穿针器 / 63

忆父三章 / 66

秋日心祭 / 78

诗稿上留下的记忆 / 82

听姥姥讲故事 / 86

听懂脚步的女儿 / 91

送女读研港岛行 / 93

"老鱼"的由来 / 97

静默的眼睛 / 100

人生境况皆欣然 / 102

梦萦千回因为您 / 105

歉收的鱼汛 / 112

难忘的面容 / 115

绿叶脉脉皆是情 / 118

走进金秋的遗憾 / 120

乡野草果醇 / 123

辑三　世漪记微

我的从军路 / 127

故乡的鼓声 / 132

寻找彩虹 / 134

风筝的记忆 / 136

捉蟾略事 / 142

卖瓜小记 / 146

嫩嫩绿绿豌豆苗 / 149

清香扫帚头 / 151

花生的碎忆 / 153

柳林树下野蘑鲜 / 156

草末尘芥地皮菜 / 160

乌兰沙海那抹绿 / 164

佳曲天涯存妙音 / 167

怀念那棵树 / 170

海南会更美 / 174

来自天堂的捐款 / 178

路边闲眼观棋局 / 181

前楼住位票友 / 184

拥读赠书 / 186

信你不会就此去 / 188

写在后面 / 190

辑一

山湖履痕

朝拜巨湖

那段创世的情节是悲壮撼人的。

远古洪荒的岩层疯狂地崛起,熔浆暴怒地搅动,无数次伟力的冲撞挤揉,驱退了古大海浩博的欲望,旷世水域那茂密的藻蕨、躁动的生命以及璀璨的珊瑚礁,已被久长的历史蒸馏成浩浑辽远的亿丛沙丘,数不清的搏动,终于演绎出亘古辉煌的漠原景观。

空寥阒寂的野蛮,放荡残忍和悲凉的烟瘴,总不会消失生命的蠕行。搅天的古潮汐不会瞬息消逝于煌煌迢迢的沙原,生命的原汁总要倔强地闪现灵光蜃色,于浩瀚漠野洒下虔诚的一碧巨湖,或许为荒域留下一室生灵滋生的胚胎。荒原巨湖啊,是属于恢宏之域股股精血的汇聚,还是母性的圣乳腾宕起赫赫的生命潮?

巨湖,迢迢泱泱,威威势势,极目难穷。恍然觉得一天大湖,一湖浩天,惊人的浩渺,骇世的博邃。在漠岚圣纱的遮掩下,巨湖超乎异常地安详、含蓄和富美,透过时间久长的轨迹,依旧冷峻肃穆地沉思着。创世的艰辛、饱经忧患的成熟,即使在尘沙周天鼓荡之时,仍然时时闪烁沉静的智慧之光,漫溢着一汪原始、贞洁而桀骜的思虑。

叩访巨湖,烦恼的身心会感应大自然勃勃的心律。

风清日丽的时候,巨湖似乎展露出她特有的奇妙和幽邃。碧蓝的湖面,远山绰绰,巧云飞渡,灿烂阳光把横无际涯的湖水,染成一沓沓温情,无始无终的漠风,漾起一层层金鳞荟萃的光斑,烁烁烨烨喧腾开来,自然的姿色无论如何是人所不能为的。人只能目睹其风采,领略其风骚,深刻体味沉凝的底蕴罢了。远湖朦胧氤氲,辽阔空灵的水天一线,有道道精灵蹿上,有股紫气横贯,难说是巨湖鼓荡不息的精气,还是荒漠亘于古今的不朽灵魂。狰狞大漠闪现的温情蜃幻,无不证明巨湖的寄托,或显示大漠永恒的精神。一片赤诚胸臆缥缈于无定的古原之上,倒映于高远的旷宇。

执着的湖水漫溢开来,喧腾地舒展开一卷卷沉重的历史。每一页都记载着混沌的古原和巨湖不舍的追求;记载着古朴彩陶罐沉埋于湖底;记载着金戈铁马的悲鸣和碧绿的湖潮,沿着世纪悠长的隧洞朝黎明袭来。湖水顽强地吻湿环湖的沙砾,浸透丑恶的灰黄色调,千里湖畔草碧花黄,牧帐点点,牛羊成群。骏马自谵妄的荒漠嘶鸣而来,驼群背负着重荷款款而行,鹰鸥以刚硬的翅膀斜剪倨傲的峰峦——漠风、霞光、蜃影、鞭声、兽情,壮阔的生命自大湖涌上死寂的荒原,环湖鼓胀着饱满的生命之力,高扬起文明的辉煌大纛。

迈向深湖,方感个人的悲哀和微不足道。天悠悠,水渺渺,湖漫漫。一切崇高和渺小、圣洁与尘嚣均无须辨识。彳亍漫长岸滩,以企望消除尘世的烦嚣,纡缓疲惫的身心,或捡拾几枚失却生命的贝壳把玩,只能是悲痛的轻浮和自私。面临巨湖,贯八面豪风,揽一湖壮魂,身心会陡增几多渴盼、几多期待、几多焦灼，骤添数阵冲动，顿悟风驰荒原的剽悍启示，勃发卓立旺盛的阳刚之力。

温醇之湖也会受辱于僵冷的沙砾，饥馑贫血的沙砾，贪婪地吞吸荒漠的精华，古湖的唇岸已经退却了数公里。但巨湖毕竟有着来自喜马拉雅冰川水珠的坚定，凭着不懈的信念，穿过湖沙的隙缝，汇成汪洋恣肆的大湖，谁知有多少无聊的失败者埋没于深沉的湖底。放眼一望无垠的湖面，憧憬自然厚实的馈赠，期待着白帆满载丰收的鱼汛。蓦地，扬起理智的思绪，相信平静的大湖之下，藏着潜伏的喧嚣，孕育着湍湍的骚动。毕竟是被历史渍透的大湖，哪一滴水珠不浸染古战场的刀光剑影、气吞湖山的壮烈？哪一滴不包容西域人悠长的情歌、剽悍勇猛的英姿？哪一掬不阅尽文明同野蛮的进击、无数生命的美丽与丑陋？巨湖能停止喧腾吗？

漠风挟着黄沙旋起，湖天顿时浑蒙一片，大湖失去平素的宽容和善，一阵阵悸动痉挛。湖水聚攒起大自然疯狂的野性，在湖面怨怼地翻滚、奔窜，浪峰威势，像数万只野兽在嘶鸣咆哮，浪尖狰狞出一排排巨齿，大口喷吐迸飞的白沫，似噬断苍鹰的喉咙。崛起怒涛，崛起怨愤，也崛起雄心复苏的壮丽。乌云挟着雨鞭，粗暴地抽向浪排，巨湖里像驰骋起千万匹鬃毛竖发的野马。环湖坚硬的山体，俨然是一圈冥顽的栅栏，困困不可一世的宣泄，再勇猛的湖水只能慑服于湖岸的规范。

雷声震耳，骏马停蹄，驼群暂憩，野狼逃遁，连觊觎大湖的旱獭也无踪无影——

至于声光荟萃、瑰丽万千的开湖，那才是一种自然的奇观，我无幸目睹她的磅礴。据说,春天的大漠雄风,吹裂冰封如铁的千里湖面,像是点燃起冰层下熊熊的熔浆,湖中瞬间裂开巨缝,远方传来声光俱厉的轰响,冰块被高高地砸向湖面。愚顽惰怠的湖冰,顿失寂苦、寒冷的板滞。那无情的嬗变、冲击,具有征服一切意念的伟力。

我期待着再爬向青藏高原这人类圣坛,朝拜大湖壮观的开湖……

奇绝雄丽天柱山

徽皖大地，江淮纵流，钟灵毓秀出一方奇绝卓立的山峦。寻找不到其他任何地方，能在其境域内集聚这么多的冠世名山。闻名遐迩、盛誉古今的有黄山、九华山、齐云山、敬亭山、琅琊山、大别山，还有雄踞在江淮怀抱里的天柱山，早在两千一百多年前，就得到汉武帝刘彻的青睐垂爱。他亲自溯河登临，设坛祭祀，尊封之为五岳中的"南岳"。在唐宋时，它受到李白、苏东坡、王安石等大文豪、大诗人的痴情迷恋，这些文豪虽宦迹各方，却仍对其魂牵梦萦，希望在此山筑居终老。如果天柱山没有超绝的山姿秀色，自古以来的帝王、达官名人又怎会如此一往情深呢？

那么，就让我们跨过皖河潜水，走进去一睹它迷人的瑰丽姿容吧。天柱山襟带长江、淮河，地处我国气候南北分界线上，受惠于日月天地的造化，兼备南北山峦之精妙，萃集雄丽灵秀于一身，形成了中国自然山水和谐独异的美学景观。峰、峦、壑、涧、洞、云、雾、泉、瀑、石、松、花有机地融合在一起，构成一幅幅包罗万象的立体画，美不胜收，拥有无穷魅力。

天柱山景域深阔，在80多平方公里的景区内，奇景无数，佳境处处，游赏览胜的线路分片迂绕流转，进山的路也有多条。若时间不紧，体力尚佳，又着意寻求享受山林的清纯寂静，就从山脚下的三祖寺徒步进发，沿寺旁的山谷流泉、石牛古洞向上攀登。

著名禅宗古刹三祖寺，始建于南朝，殿宇嵯峨，佛塔凌翠，屹立在宛如彩凤蹁跹的凤形山上。因禅宗三祖僧璨在此弘法教学，传钵立化，故而得名。山形隽美，林色苍黛，晴光塔影，自然风光与古代建筑浑然一体。仙境佛地，清秀怡人，人未得进山，已经陶醉迷离。

寺院西侧是花木掩映的谷口，由蜿蜒伸出的坡峦自然铺展，清澈明亮的溪水从谷底潺潺流淌，清冽有声，回应着崖上飘洒下的纯净梵音。循着山谷流泉，谷内深邃幽静，烟岚缥缈，在涧谷两岸的石壁和谷底石上，镌刻着300多方历代名家巨儒的题字墨迹，雄文丽词，书道奇正，形成了长2000多米的山水摩崖奇观、精美绝佳的艺术长廊，真的是一道流泉系千古风流。溪谷中卧有一块大石形如牛眠，环崖石壁如洞，幽泉细潺，长藤缠绕，故称“石牛古洞”。上流的溪水顺着石牛平铺直下，溅起颗颗水珠洒落，似如滚珠嘎玉。山谷的坡崖上，林木苍翠，修竹萧萧，藤萝虬绕纷披，掩映着别致的楼阁；山花野草拥道，连通静雅的亭榭。这里曾是宋时王安石夜游、苏东坡筑梦、黄庭坚读书所徘徊过的林间，所吟哦过的崖畔，所冥思过的石台。现在幽径正经过舒公亭、东坡别业、涪翁台通往山中。

往上的山道平实敞亮，比较好走，苍松修竹时而疏朗，远近澄明宁静，满眼都是葱茏青翠，视野可以越过林隙树丛，看得清远峰近山的错落排列，望得见烟云霞岚蒸浮飘绕其间。走这一段路可以信马由缰，率性地四处观望，随意地指指点点。如若不去天柱山大峡谷观瀑、九曲河寻幽,便走到了散落在葱茏山坳的乡村茶庄。从这里左转前行,山道蜿蜒在僻静的山坳里,转过几个山间小道,各种林木就开始渐次浓密,有长一声短一声的鸟啼传来,越发显得深幽静寂。山路幽旷难见行人,这是因为游客大都选择省时省力的最佳线路,乘车顺着环山路先去索道,直奔景点最精美、最聚集的游程,独独不愿走这宁静漫长的山道,不愿享受这份万籁清寂的氛围。只有真正能够清静下来、耐得住寂寞的人,用心去亲近感受自然山水的,才会愿意倾听山中的空谷足音和林深鸟鸣。

清爽完好的石阶,逐渐有些高陡,又翻过两座不高的翠峦后,周遭的林木山石顿时生动奇丽起来,原先安静的山野开始欢腾喧嚣,竞相活跃表演。首先闯入眼帘的是天蛙峰,一块酷似青蛙的巨石蹲踞在山顶上,张着大口,身后零散的一丛石头,形如一群小蛙尾随身后。深谷里茫茫的云雾成了净白的湖水,浓密的林树成了翠绿的水草,只要石蛙纵身一跃,便会游进天柱山缥缈的琼岛碧波之中。不远处峙立的天书峰、降丹峰,也是形象逼真,各具情致,极其鲜活地凸显独特的神韵。天柱山秀峰竞相耸立,千姿百态,比较有名的就有50多座,奇美的花岗岩峰峦,被誉为世界上独有的"山峰的丛林"。峰峰皆秀,翠屏横空,就连闻名世界的黄山,也无法与之相比。

逶迤绵展的坡谷,不觉间已被深涧绝壑占领,流溪鸣泉纷纷从嶙峋石壁中跌落,形态殊异,或潇洒,或狂放地要表达欲望,收敛、谦逊好像已没必要。此时,站在山道上,目光越过飞来涧、青龙涧,向右方眺望,只见层层峰峦涌翠的一面山坡上,惊现很大的一片洁白的冰雪,堆银叠玉,皑皑地铺在万绿丛中,寒芒闪烁,晶莹耀眼,四季昼夜,无论骄阳炙烤暴晒,都不会冰消雪融,而在灿烂阳光的映照下,愈加洁白无瑕,光华夺目。这实际上是天柱山特殊的地质造成的。因为峰坡上湿润的花岗石岩面,常年日晒风化,松散为白色的沙砾,长久堆积成丘,阳光月色映照,远望如同白雪,这就是独特的"天柱晴雪"景观。

爬上振衣岗,大约古今很多游人到此都有些累乏,身着的衣服有了些凌乱,需要在此岗上,吹着清爽的风,整理一下。突然从茂郁的松林中斜向凸起的石柱,颇似大象的鼻子,好像真是有头大象,顽皮地逗弄疲倦的游人。形象逼真的奇石,在天柱山任意散布罗列,或卧或立,不胜数计,比较著名的有霹雳石、蜗牛石、猪头石、鹦哥石、蚰蜒石等,状狮虎龙猿,肖花鸟虫鱼,天工雕琢,栩栩如生。而令人失色惊叹的是巨大的"皖公神像",就凸显在神秘谷深壑石壁上,透过伸展的松枝望去,妙相庄严端肃。神像的头部高约3米,五官比例协调精确,看着非常清晰,面容温敦安详,高额大眼,双耳垂长,神情凝注,静静地望着远方,披览沧海桑田的变迁。远在周朝时,这里就被封为皖国。安徽简称"皖",也源于此。皖公为君仁爱,关怀百姓,治国有方,德政卓越,深受皖地平民庶人的拥戴。这浑然天成的形象,非为人工的有心雕琢,乃天地之用意,日月之托付,山川之钟情,将皖公崇高的神灵造化在天柱山峰上,与安徽深厚的历史人文融合在一起。因此,天柱山也称"皖山""皖公山"。世界各地由自然景观神似赋形的地方很多,还流传很多美妙动听的神奇传说,但以当地真实历史、人物、山川形貌,能够神工鬼斧精妙地完美造化实属罕有。

神秘谷是天柱山又一奇异绝妙的景观。在近一华里的高山峡谷内,错杂凌乱地堆积着各种形状的岩石,这是由亿万年风雨雷电的洪荒威力,致使峰巅岩石冲撞滚落造成的。可这些重重叠叠、拥挤不堪的巨大石块,并没有被挤压得毫无空隙,而是形成了一个曲折多变、神秘莫测的石洞迷宫。叠石下洞连洞,洞套洞,洞中有洞,疑是绝壁无路时,却上下盘旋,左右迂回,奥妙诡谲,引人入胜。洞内石阶参差,石状成趣,或窄又敞,或明又暗,幽幻曲折,奇妙横生。石窟洞外往往是青藤垂掩,松枝伸展。从石缝中可以观赏云海缥缈里的奇峰秀峦、从容生长在幽洞的虬松名花。天柱苍翠老松多是长在悬崖无土的石缝里,只靠餐风饮露生长,每一株都造型奇美,形象遒劲,凌云飞渡。山花明灿耀眼,点缀在深幽的石壁上。

从神秘谷中龙宫、迷宫、逍遥宫危洞石缝中钻上来,就是天柱山风景最佳的天池峰了。峰顶又是一绝,仅有 10 余平方米,有方圆两浅池,却水盈不涸。峰侧悬崖立岩,刀劈斧削,深达百丈,此有试心桥、试心崖,可挑战游客的心魂胆魂。立在峰顶,碧空辽远,云絮似伸手可及。向南驰目,山谷澄明深阔,烟云相涌,奇峰秀峦峭绝耸秀,飞来、莲花、迎真、石狮等几十诸峰纷纷来朝,深幽的郁林云海是竞相亮相的舞台。向北观望,瞬时瞠目惊心,呆若木鸡,苍翠秀润的山谷间,千峰拱卫,一峰擎天,峻拔凌空,直插云霄。峰体裸露不着树木,石骨嶙峋,瑰玮秀丽,造型奇崛,如若中天一柱。其常有水汽流动,浓雾弥漫,或波涛汹涌,恍如蓬莱仙岛,或飘逸娇娆,若即若离,瞬息万变,给人无穷无尽的美感。若是雨后初晴,艳阳高照,四周里云蒸霞蔚,一柱突兀在云海霞光之上,就像是金光四射的巨烛,映红无边无际的沧海碧波。听说要是凑巧,还会出现七彩的祥瑞"佛光",光照人影,人在光中,可谓天上人间,美不胜收。

拥有天下独异的诗崖漱玉、神秘峡谷、天柱晴雪、天池清泉、一柱擎天等景观,天柱山真的是奇观、绝景、异境、胜地的精妙荟萃。不真正走进它,是无法知晓它的奇特丰韵的。天柱山下幽美,山顶雄丽,兼有雄奇灵秀之质,它在历史上的繁荣,为历代文豪名士追慕,不是没有来由、虚有盛名的。不然大诗人白居易怎会写下"天柱一峰擎日月,洞门千仞锁云雷"?否则,狂傲诗人李白也不会在宿松的长江上,看到远处的天柱奇峰,不禁赞美:"奇峰出奇云,秀木含秀气。清晏皖公山,巉绝称人意。"

青海湖情思

青海湖啊，美丽壮阔的湖，镶嵌在青藏高原上的一颗璀璨明珠。它潇洒的身姿、娴雅的风韵，使得多少人神魂颠倒，如醉如痴。有人把它比喻为巍巍昆仑的夜光杯，有人称赞它为壮阔高原的明眸，还有人把它誉为熠熠耀目的蓝宝石……人们对它怀着种种美妙的遐想和神思。

当天上的星星刚沉入湖心时，我头上的红星便映照在清澈的湖水里。湿润的湖风稍稍拂起雾霭迷蒙的一角，日月山的"玉手"乘势揭去蒙在湖面上的洁白哈达。从甜梦中醒来的青海湖，立即袒露出它冰清玉洁的娇容。它安详地卧在群山之间，是那样的浩瀚深邃，只觉得浩莽莽，像是大海，情脉脉，又像是西湖。透亮的湖水，颜色墨绿墨绿，绿得发青，青得爽心。它使人想象无穷，探索不尽其中的诗情画意。

我漫步在湖滨，湖光山色，融为一体。湖水被朝霞染红的颜色，时时被粼粼细波荡去。抬头远眺，湖东边的山峰还戴着厚厚的雪冠，正银装素裹。雪霁天晴，远近山峰，冰芒闪烁，恰如碎银乱玉，映射着炫目的光晕。雾霭袅袅，宛如千条轻纱白练。于是山峰倒映湖面，湖中出现了琼阁玉殿，白白的棉桃在湖心绽开了，嶙峋的珊瑚也就在碧水里展枝了。细如羊毛、薄如蝉翼的白云，若有若无，点缀在万顷碧波之间。一群群灵巧的水鸟，轻掠水面,使画面显得更加绚丽生动。

岸边,初夏的草原百草丰茂,细嫩细嫩,青茵茵地从湖边一直向天际铺展。粉红、鹅黄、淡紫、雪白的各色野花,星罗棋布地点缀在葱绿之中。风吹草低,羊群片片,如同天上飘落下来的块块白云。阵风的飒飒声,牧人的歌唱声,牛羊的鸣叫声,鸟儿啾啾,虫儿唧唧,野鸭子在水草中嘎嘎地扑腾喧闹,使青海湖显得更加静谧。衣着艳丽的藏族姑娘汲水来了,她们互相追逐、嬉戏,然后坐下来,对着明镜般的湖水,梳洗着秀美长发,把串串清脆的笑声洒向湖里……

迷人的湖光山色紧紧攫住我的心。这里的一叶青草、一片流云、一朵浪花,都别具风味,令人心驰神往。

我捧起湛蓝的湖水,指缝间洒下一串串珍珠般的水滴,脑子里掠过一幅幅美妙而神奇的画图……

据说当年文成公主赴藏时,行至日月山,站立山巅,翘望东方,情思绵绵。上帝为她的诚心所感动,便送给她一面日月宝镜,从镜子里她看到了繁华壮丽的长安古都、霜发苍苍的父母。公主万分痛苦,将日月宝镜抛落于地,不料它竟化作一泓碧水,它就是今天的青海湖。

青海湖万顷碧水确像是一面巨大的蓝色宝镜。湖面上那时隐时现、若有若无的"海市蜃楼",虚虚幻幻,影影绰绰,多像是故乡熟悉的景象啊。

记得当我穿上军装,离开风景宜人的淮河故乡,踏上青藏高原时,"天苍苍,野茫茫",空寂冷漠的高原景色,使我倍增思乡怀亲之情。"青海长云暗雪山""黄沙碛中本无春",漫卷的尘沙搅出心头悲凉的诗句。军车沿着陡峭的山路爬上了日月山,严寒、缺氧,折腾得我头晕目眩,呕吐不已,口鼻出血,心底冒出阵阵苦涩,我真不愿再往前走了。就在这时,指导员给我们讲了这样的故事:

多情美貌的文成公主,当年就是沿着我们今天的路线赴藏的。"一过日月山,两眼泪不干",她的泪水浸湿了罗袖,滴落在荒漠上。她在心底发誓,若想让她再往前走一步,除非河水向西流。她用翠帕擦去泪水,低头一看,看见一路洒下的泪水变成了一条河,河水哗哗向西流去。

这时,汽车正好驶到这里,指导员用手指向不远处的一条小河,说那就是"倒淌河"。顿时,烦恼、忧闷都被清澈的河水卷走了。有人说:"只要心诚,石头都能开出花来。"看来大自然是遂人愿的啊,只要你扑进她的怀抱里,她是会给你深情厚谊的。我凝视着指导员那风霜镂刻的紫红脸庞、红色的帽徽,想了很久。我多想跳下车去,捧起河水,洗去我绵绵的思绪。然而,车子载着我,沿着"倒淌河"向西驶去……

这是一个虚构的神话故事。人们的富丽想象和这里的特殊地质构造,完美地融为一体,更耐人寻味。

我登上湖边的礁石,凉爽的湖风撩起我的衣襟,款款飘动。恬静妩媚的青海湖,这时碧波轻漾,亮光点点。远处天光水色浑然一体,渔轮移动,群鸟齐翔。蓦地,我看见一只水鸟凌空直下,射向湖面,像闪电一样迅疾。我的心猛地紧张起来,担心它会一头钻进湖里。突然,它轻盈得又像一片羽毛,拍着水面一跃而起,嘴上衔着一条小鱼。远处在拖轮卷起的飞沫里,一群群水鸟翻飞着,追逐着,忽然拍打着翅膀,从我头顶上轻捷地飞过,发出几声短暂的叫声。我不由得一惊,这不是海鸥吗?它们怎么会飞到这茫茫高原上来呢?我深情地注视着它们在浪尖上翻飞,顽强地在探求着什么。它们远去的身影,飘飘忽忽,像是青海湖上游动的诗魂。

风大了,无边无际的湖面晃晃荡荡,像雪莲一样浸在水里的云朵被搅碎了。浪花拍打着礁石,海鸥在浪尖上争跃,一声汽笛,牵去我的视线,只见一艘小型快艇,劈波斩浪,箭一样掠过湖面,屹立在甲板上的海军战士,凝视前方,洁白的上衣被风鼓起,无檐帽下两条飘带,上下翻飞。我万没想到在这里能够看到部队战士。听说这里有个海军的科研基地,他们不顾高原恶劣的自然环境,一直战斗在千里巨湖,研制了一批批武器装备,为我国的海军建设做出了惊人贡献。我望着海鸥矫健的身姿,心儿飞向远方。

我坐在伸进湖面的礁石上,谛听着波浪一次次地拍击。

午后,静息后的青海湖像一块硕大无朋的翡翠;远处湖中的海心山、三块石、沙岛、鸟岛,历历在目。鸟岛闻名遐迩,使人魂牵梦绕。每年,在山花烂漫、绿草如茵的夏季来临时,各种各样的鸟儿从地中海、红海、黑海、东南亚和我国南方飞来,在不到0.1平方公里的小岛上,就栖息着十万多只鸟儿。每当群鸟齐翔,能够挡住太阳的光辉,湖面就会出现大片的阴影。岛上鸟蛋遍地,色彩斑斓。这里鸟的品种很多,有性情温驯的斑头雁、矫健的棕头鸥、勤劳的鸬鹚,到了冬天,还有仙女般的天鹅、珍奇的黑颈鹤⋯⋯

青海湖啊,美得令人心醉。它有诗一般的韵味、画一般的意境,这里没有柳丝垂绿,菱芰飘香,也没有蛙声鼓噪,蝉鸣欢喧,更不见一顶顶红红绿绿的绸伞,花丛间情侣的衣裙。可这里却有忠贞不渝的爱情,据说斑头雁双双栖息,亲密相伴,如果失去伴侣,就将守身如玉,终身不偶。我记起诗人郭小川的诗句"战士自有战士的爱情,忠贞不渝,新美如画",倾听着碧波的诉说,我真想用笔饱蘸湖水,写信告诉远方的……

晚霞映红了湖面,像是湖中开放千树榴花。山、海、湖、云变幻无穷,丰富多彩,展示了迷人的魅力,以不同情调呈现出它们的美。我流连忘返,陶然欲醉。我在陶醉中沉思,沉思中陶醉。夜幕降临,我不得不离开湖岸,这时我蓦然觉得身上的军衣更绿了,是湖水映绿了我的军衣,还是军衣把湖水染绿?我不甚了然,只感到自己已与青海湖融为一体,成为它的一朵小小的浪花。

初识白马尖

瑞鹰越野车在繁树茂竹中驰行,似在碧浪绿波间疾航,盘旋回折的山路便是犁开的窄细浪痕,瞬息就漂远无踪了。左颠右簸引起的晕眩,成为满眼葱绿的醺醉;而傍崖临谷的心悸,便被不期而至的惊喜替代了。

游弋在大别山的深阔胸怀里,太丰盛的清风净水清涤梦境,不觉滤净灵肉所有的尘垢。不过,我的梦境是被殷红色浸泡染透的追忆,但千年前李白的梦境,则是"山之南山花烂漫,山之北白雪皑皑,此山大别于他山也"的迷醉。

驶抵主峰白马尖,正是辉煌落日欲沉之前,灿亮的阳光悄悄地在稀释,黛峰翠谷间反而清澄空明了许多。不易觉察的流岚好像掺兑调和了夕照的余晖,幻变的色调渐次氤氲为殷红的霞光,如同巨幅红绸远远地铺展在群山层峦之上。鸟虫噤音,林壑哑声,万籁俱寂,葱茏幽深的山谷沉浸着稠密无缝的怵人静穆。

此时,站立在大别山度假山庄门前,无意识地与周遭树木屏住了呼吸,似乎看得清霞光的微粒在眼前悬浮不动。山庄三面碧峰环峙,被浓郁的层林难以突围的簇拥,唯有向西的一面豁然敞开,澄莹的山谷明阔地一直延伸到视线尽头,而两面碧峰则逐渐低矮逶迤到天际,似乎急着赶赴晚霞演绎的繁华盛典。山庄门外一片清朗的平台上,是从民间搜集来的古旧石刻门柱、井栏、礅础等物件,精心堆垒而成的"废墟广场"。如此景致最初给我的视觉冲力,是不可思议的莫名惶惑,不解因何要在蓬勃旺盛的无限生机中,突兀地营构这残破败落之象。

此刻,游人在营造的废墟间漫步,远天夕阳正一圈圈地瘦身,耀眼的光焰在一寸寸缩短,明亮的夕照经幽谷秀林的过滤反射弥漫开来,把断石残柱镀上一层沧桑的光泽,游人在无边的绯红之中浮动。沿着残缺门柱远眺,我不禁惊呆了:苍山如海,落日如金,霞色如血,与废墟平台边孤直伸出的一枝枯树叠加在一起,在游人的身后构成一幅奢华又崇高的背景,游人剪影在光波里。这时从浓绿林间走向废墟,会感应到多重的生命信息,似乎是完成了"从古到今"的穿越。这时,我未慧的愚心才瞬间开悟,明白了营造者于自然山林中隐含的哲思寓意。就这样坐看山色变幻,直坐到夜岚从四周悄悄合围,心沁如水,体悟天地间无尽玄机。

潜伏暗黑开来的夜还是原初本真的,但夜色已经不再本色纯粹,不远处夜的元素正被弥漫的光亮染色。与山岩默契相通,坐得通体泰然舒怡,纹丝不动地坐成一块山石,任身上每个毛孔都被过滤得虚空,了无丝毫尘质,从都市黏附而来的所有骚动与欲念,都已平复得毫无踪影。我已经坐得很久了,起身走进山庄那片温情的灯辉里。山庄建筑是人文与山水的交响,树从屋顶出,石从墙上长,水从床边流,我知道今夜的梦将停泊在这片山峦上。卧陈在舒适松软的榻上,一伸手就触碰到清凉的石体,净爽气流无形无息地从林叶间,以不容置疑的方式涌进胸腔,令头脑清醒异常。树影、星光、月辉一起推窗涌进,我感觉月亮、星星似乎改变了距离,在床边闪烁倾洒,可以亲近相偎,似乎能分辨出嫦娥在银河涉水的飘飘衣袂。我也知道戋靠在海拔980米白马尖山腰间的梦境,经过历史与现代、自然与精神、天人合一的擦拭,注定是要远离喧嚣俗世了。

盛夏的大别山早晨,必定是被清脆的鸟声叫醒的,朦胧中也能感觉到那是来自林间晶莹露滴的滋润,觉察得出是经过雾纱漫不经心过滤的。但最早醒来的无疑是主峰白马尖,只是此时若要仰望它,它却还被云雾缭绕着。可已有三三两两的游客,扯开拂晓前的静谧,争相攀向峰顶,为领略最初的一抹霞光。

在近于醉氧状态中吐出胸腑所有的困顿与喟叹,人们便把欢快的话语、笑声,挂满在白马尖峰脊沿途的松枝上,掺进纯净闪亮的露滴里。被千古最伟大的浪漫诗仙慧眼发现,并认定景色殊异的山,肯定是有别于他山的。白马尖耸立于层峦叠嶂的群山之上,茂密树木紧紧簇拥掩藏,向上的山道陡峭幽僻,脚边清流绕石哗然声响,透过树缝花隙望去,岩崖刀削,涧壑幽深,俯视峡谷蜿蜒展阔,极其澄明净朗。白马尖是把险峻掩于灵秀之中,在人间胜景中不知不觉地诱人完成崎岖的攀登。游人是否从幽谷深处飘逸的云雾中撩起时空的思绪?是否会从林涛花影的寻芳访胜中体味来自天籁的异同?实际上,忽略或者未能辨别出大别山的别趣也并不重要,只要身心遁归此中就已足够。

白马尖像是从重重青山扬蹄呼啸的天马,白色的马首跃出葱茏茂密之丛。攀登的过程满是草木清馨的穿行,野兰隐藏在浓绿中,幽幽清香似有若无,欲寻却遍寻不见。更加惹情前往的,则是白马尖东北坡那举世罕有的千年郁枝杜鹃,奇姿异态红艳艳地开满一道山梁,翠明野谷洋溢出华贵气质,望上一眼便痴爱神迷,钟情不忘。

抵近峰尖时石阶非常陡峭,是特别考验信念、磨炼意志的。峰顶奇松苍劲,怪石嶙峋,云海涌动。此时风拂衣襟,游目骋怀,气象万千、错落有致的大别山风光尽收眼底,荡涤尽所有郁积,灌进满怀豪气。我相信在峰尖站久了,魂与神就依附在那飞渡的松枝间了。

灵山峡谷景色殊

　　天工神设的黄山极度地展示奇绝美景,但仍然意犹未尽,将无尽的丽姿绵绵东延,与清隽的天目山汇合,聚集起一群秀挺峰峦,造化出景色秀甲一郡的灵山。

　　皖南的山峦林木本来就纯粹清逸。当车拐进一条山道,山色愈加蔚然清丽,傍山的河流明净澄碧,陡然地就进入葱郁幽深的境地,车道在河畔与山林间蜿蜒迂转。当山石渐次嶙峋起来,静流河水渐次瘦窄下来,能够清楚听到溪泉淙淙响声,就进到了灵山大峡谷的谷口。

　　打动人,融入魂,驱使人们钟情遣兴的自然山水,天地造化,各展容态,各蕴灵性,各显妙趣。大自然拥有的山川河湖率性自在,神秘莫测的聚合构成天地间景物的奇姿异态;意象的万千变化,使得这个世界精博繁复,奇幻无穷。不过,峰峦崇高挺秀,但如果缺少水就没有了灵性;湖河柔水,澄明净远,若没有山就缺少了雄丽。只有山重水复、山岫水韵的境地,不知不觉中聚合了人类精妙的审美感应,更会接通世人充沛微妙的精神内蕴。然而崇山峻峰、豁然裂开的峡谷,则是荟萃了大自然隽永精妙的最美画卷,最是山水林泉、清溪飞瀑的灵秀景致。

　　灵山大峡谷谷口,两座峰峦相挽不舍,夹泻着一道清婉溪流,不宽的石桥横跨在溪上,高大的枫树和摇曳的竹枝,几乎遮掩住桥面。伫桥依栏下望,迂曲跳跃的溪水,渐成澄明清亮的小河。溪岸渐渐低缓平展,奇石点缀,花树草茵,清水不绝静静流淌。从这里登筏顺溪而去,便是泛水漂流的好去处,可以尽情感受漂流的极大乐趣,体验快乐非凡的游兴。

先始的一段,溪谷高陡,地势险峻,激流飞泻。溪床内怪石嶙峋,深潭险滩,星罗棋布,连缀绵延。皮筏在急流乱石间左突右撞,腾挪跌宕,惊险回旋,雪沫四溅,尽现紧张、刺激的纵浪恣肆。再往下,山坡不陡,落差不大,溪水不湍不急,此时的漂流没有情绪的激溅飞扬,只有水因石绕,筏随溪转,任其在涧岩溪石间飘飘悠悠。溪道渐渐展宽,没有了水流动态,已成为镜平无波的河了。晴空白云,浸于静水,古村葱树,倒映河面,不知是在天上还是在水里,是在岸上还是在河中。此时风清水柔,筏艇自横,如山树的一枚落叶兀自浮泛在碧水之上。苍山莽林已远,竟是旷阔静寂起来。不久前,激情偾张的喧嚣退尽,归于脱去烟火红尘的寂静。

从桥旁枫树下溯溪向上,在较为迂缓的溪湾里,长满茂盛的翠竹、桑树,竹姿亭亭,桑叶田田,小道一路穿进去,便陷入清新爽凉的世界。篁竹清韵,浓荫匝地,从桑枝竹丛间看不见溪石,却静听到淙淙溪水绕过石隙的音韵,知是已在溪流的近旁了。

闻溪声寻去,山谷豁然高朗清远,路与溪平,溪转路随,人傍溪行。溪坡上低矮花树,随处开着烂漫繁花,最醒目的还是映山红。溪滩浅水中生长着聚聚散散的菖蒲、荻苇,娉娉婷婷的样子,清爽俊逸,一丛丛绿影染透溪水。溪流浅缓处,可择石蹑脚到溪左;溪岸狭窄处,有石板小桥,可跨桥越往溪右。弯身蹲下

辑一　山湖履痕

掬水洗面，挽裤濯足涉溪。徘徊戏溪，乐趣盈盈，日常的矜持虚饰不意间在跳闪的溪水中放飞，真实的性情在忽左忽右的溪岸间显形。

山道开始高陡起来，溪与岸有了落差，有滚圆巨石临溪突兀陡立。趋步登上石顶，溪流已在脚下鸣响，仿佛有了踞坐石上抚琴高山流水的意境。这时，侧目下望，尽见一溪道的圆石，有大有小，或聚或散，似蹲似卧于溪涧，任意地铺陈流放。看似错杂无章，实则更显天成谐趣。无计的石头，大多是浑圆平滑，无有棱角，都归属于沧海桑田深刻使然。每一块存在于世的位置，都是随意的安排。纵使下一次在山洪挟持下滚动位移，也都是大自然用心的必然结果。大约正如人生的各自姿态，冥冥之中蹭蹬际遇，无不是宿命的必然运程。

世上万物的奇美，总不会是平淡地呈现；同样，灵山峡谷的幽妙，也不会是一览无余。灵山在峰崖绝涧、树间花丛，随意地散布着形形色色的奇石、怪石、巧石，形肖酷似，神态逼真。如金犬石、仙掌石、香炉石、钟鼓石、丞相石、观音石，还有银河飞舟石、书云笔石、三象听经石、普贤讲经石等，皆是天工神作，妙趣横生。这些奇石名字听起来就让人增添兴致，有了急于先睹为快的意趣。

奇石以清郁山林、深涧幽溪为背景，有曲折石阶与亭台花木相连环绕。在幽寂清新的氛围里，不期与奇石相遇对视，不由得惊喜不已，或不禁莞尔，感受到自然与心灵的融通观照，昭示其内在诗味和禅意的神秘力量。尤其有一块平整的巨石，伸出陡崖绝壑，凌空于深涧之上，名曰"解愠台"。从字面意思看，大约这里是可以排除郁闷、解除烦恼的地方。此时走上去,独自盘膝端坐在石板上,呆呆地一动也不动,让极纯粹的阳光透过摇曳枝叶的筛滤,投射过来明明暗暗的光影;极素净的林风,裹挟着似见不见的青岚,轻拂过去舒舒柔柔的气息。凝视端详面前的秀峰山色,古木参天,葱郁浓荫,屏息谛听深涧溪流淙淙,清音渺渺,只觉得天地周遭时间虚无,万籁俱寂,清渺幽远。待得久了,感觉体轻心爽,内心的喧嚣嘈杂衰减,纡困身心的烦恼郁结,随着潭底上升的雾霭淡淡散去,有一种自得自在的洁净力量,在青峦茂树间温煦地弥漫开来。在自然中独处,与山水融合,天人合一,终于体味出拯救、修复自己的超现实空间。

　　溪水喧嚣起来,或激越,或沉吟,蕴藏的内涵想急于表达,以不同的声调抒发。下游的溪水沉静温厚,想当初,也曾有激情飞溅、性情踔厉的时候吧?涧谷越发深幽,溪床越发险峻陡峭,溪水高悬,急流向下飞泻,不惮于献身低处,无拘无束,姿势遒劲而潇洒。不拘泥于形状的溪水,竟然在灵山悠长的峡谷间,高悬起一列瀑布群。缘于峭壁巉岩的阻遏拦挡,瀑布或宽或窄,或大或小,或急或缓,有的如白练飘拂,有的如银河垂挂,高低错落,造型迥异,热情奔放,各展风流。而其中的彩云瀑、云锦瀑、珠帘瀑,景色尤为奇殊,动感十足,魅力无限。

　　走进彩云溪,迎面看到的就是彩云瀑。清冽的溪流,顺着阔大的光滑坡岩,斜着直流而下,像是微微抖动的巨幅绿绸。许是地形构造、树木分布的特异,明灿的阳光折射在层层叠叠溅起的浪花上,如同片片彩云闪烁,异常绚丽炫目。

　　跨过三步两桥、浣纱桥,进入洗衣涧,映入眼帘的是云锦瀑。

十几丈高、几十丈宽的平展大石板,缓缓的溪水平铺流下,清浅细滑,微波粼粼,当有彤红朝霞、夕阳余晖的照耀,则五彩斑斓,艳如云锦。

　　站在观瀑亭前,朝上仰望,就可以一睹珠帘瀑的风采。一道湍急的水柱,像条白龙垂直地直扑深潭,从嵯峨怪石的高处溅起晶莹闪亮的水珠,珠珠连缀,形如一张透明大帘,落下的大珠小珠坠入碧玉盘中。

　　灵山峡谷绮丽的飞泉悬瀑,吸引了历代很多名人政客的莅临赞誉。曾宦迹于广德的北宋大政治家、大文学家、大军事家范仲淹来到这里,纵笔写下了《石溪瀑布》:"迥与众流异,发源高更孤。下山犹直在,到海得清无?势斗蛟龙恶,声吹雨雹粗。晚来云一色,诗句自成图。"他赋予灵山瀑布以深刻的寓意,这首诗也成了他一生为官清廉纯正的生动写照。灵山所踞的广德,是范仲淹从政的起点。他在27岁考中进士,随即出任广德司理参军,主官刑狱衙役。他在任上操守清明,秉公亲民,廉洁自持。两年后上任亳州,囊袋空空,竟徒步赴任。范仲淹的品德节操在他初任即如此,以后一生执着坚守。兴许是灵山的青峰翠峦映衬出本真的生命?是清新朗逸的林风薄岚染就人生的底色?是幽涧溪泉飞瀑启悟原初的追求?范仲淹在游兴灵山峡谷,在峰峦林溪中发现了自我本质的对应物,以宽阔的胸襟、高朗的情怀,从自然的山水云树间,寻找到生命的真谛和属于自己的人生路径,才写下震烁古今的名句"先天下之忧而忧,后天下之乐而乐"。

　　天地万物,芸芸众生,虽变幻无常,形态纷呈,却有其平衡谐和的法则。灵山峡谷有其险峰绝壑,就会有深幽水长;有林暗雾霭,就会有天澄邈远;有悬瀑的狂放不羁、无拘无束,就会有深潭的深沉含蓄、蕴藉矜持。正如人们有果决的行动,也会有沉静的思考。灵山涧谷的溪流,在飞流悬瀑之下,自会有深潭浅池生成。灵山幽长的涧溪中,还散泊着一串大大小小、深深浅浅的潭池,承受着每次激情过后的平复。溪水迂回的石池,水静清澈,绿叶落红漂浮。而飞流急湍的深潭,或澄碧不惊,或晴雷轰鸣。像享有盛名的"响水潭",飞流洒雨,如万马奔腾,声响轰鸣,震人心扉。

游屐踏过灵山的峡谷幽涧,在清溪里洗濯,在峭岩上静坐,在飞瀑前伫望,在幽潭旁凝思,已是心廓无存积郁,浑忘世外。有时闭上眼睛,只用心去抚摸、感知、体味周遭,沐浴清新山林天籁,倾听内心深处的气息,会自觉不自觉地有了轻松惬意,在温和地滋生弥漫着。如果此时感觉尚有负载未卸,不妨再起身,蹬着吴越古道的石阶,还可以去往白云悠悠、层峦四合处的千年古刹——灵山寺,在香火缭绕、梵音磬声中,徘徊于深深殿堂,去寻求另一种出世的方式罢了。

初冬明堂山

冬至已过,初冬降临,但皖西的大别山区,仍然是峰峦堆翠,涧壑涌绿,还激烈地郁郁葱葱着,彰显蓬勃生命的山色不忍退却隐匿。放眼望去,大别山每一道峻岭秀木接天,拥绿流翠,每一处幽谷深涧松林御风,涌动碧浪。

此时,踏进大别山的襟抱,还感受不到时序的更替,尚无季节的逃遁退位。可静心凝视,发现浓厚的苍翠中溅起些许微黄浅红,这该是某种植物正在发生由微红到酽红的过渡。虽还说不上明丽,但无边的青春山色也未能抹杀。不知晓那是枫树,还是其他感温变色的植物,敏锐的生命经脉在感应季节的演变。峭壁上的点点些微红色,或许在提醒人们对时空的误会和岁月的迟滞。宏阔无垠的自然万物,都是具有其永恒法则的,大别山无边的青葱模样,并非天地恒常秩序的颠覆,而是温暖情怀的执念不舍。天性是不可违的,只有品性是可变的,残酷的寒潮还没袭来,到了时候该变的还是要变,不变的则永不会变。毫无例外,大别山的草木花鸟都会遵循各自的生命节律,呼应风云雷电和朗日明月,各持禀赋畅然运行,各有最佳的归属。尚未入山,就已经陷落到大别山的点化训示之中。

汽车轻捷地在茫茫林木中疾驰,霎时,如同泅游于碧海深流。云山相连的青绿间,想要激起点微波细漪都被省略了。被无处不在的渺渺茫茫的清澈浸透,濯尽身心来自山外的尘垢俗念,毫无察觉地清空理智及记忆储存,随着山岚林息,虚白时空存灭,无我地漂浮而去,遗忘现实的明暗烟火,逍遥于悠游的欢愉中。

  名堂山位于大别山之西,在层峦叠嶂中耸然傲立,以俊俏的形态和独特的岩体,有别于远近起伏的众山,像是漂浮在绿波雾岚之上,从老远的地方就能辨别出来。远远望去,明堂山山腰直到山顶,山岩光裸兀立,像一尊硕大的石壁屏风,峭立于万绿千翠的群山之巅,在太阳的映照下,明灿灿的,醒目耀眼。它的下方是延绵无边的苍山林海,云蒸霞蔚,雾气缭绕,自然造化宛若仙界宫殿门前的风水名堂。四周确有万峰攒集、清溪汇流之势。传说两千多年前,汉武帝在南岳天柱山封禅时,曾在此设坛拜祭,疑是笼罩了太多的历史云雾。

  明堂山的与众不同,在于山体峰貌的奇崛,她奇秀天成的形象,从四面眺望,形态独异,各呈妙相。我从这个角度望去,她宛如一位清丽坚贞的女性,穿着翠绿的长裙,露出光滑的酥肩和洁净的脸庞。我牵起她的曳地裙角,嗅着清馨的体味,走近她的风韵卓姿。自然世界万物的生命是相联系的,无我互易,天人合一,乃最美的法则。因此,净土藏地才会将峻拔雪山拟人化,赋予其人类的情感品格。实际上,世人也早已将明堂山人格化了,称她为"皖母山",而与她相距百里的身姿雄奇的天柱山,则被称为"皖公山"。

  沿着裙褶似的山径登行,从幽谷间参天树木倾泻而下的绿荫,以复调乐章方式漫过琴键般的石阶,深涧里潺潺清溪应和喧

辑一 山湖履痕

腾,听得出带着纯粹的心性以及不羁的执拗。大约是太阳正逐渐升高的缘故,浓雾在渐渐散开,朦胧中的树干和花枝明晰起来,松针与嫩叶上悬挂着清露,些许震颤微动,或者几声脆亮的鸟鸣,则会滚落遍地露珠。但夏秋早已过去,那些寻花而歌、醉眼花丛的鸟没有了踪影,山壑愈加清邈静谧,有一种摄人魂魄的惊悸,对刚从尘世喧嚣中走来的我们,有一种瞬间窒息的犹疑。

爬升的山道陡峭起来,树姿也发生变化,变得或优美或遒劲,枝枝丫丫舒放自如,已不是在山谷中挺拔昂扬的模样。尤其是长在峡涧边上的,更是仪态万千,丰姿迷人,大约为了各自摆出独特造型的需要,不再是成群结队拥翠积黛,而是一株株孤单地站立在奇崛处,风骚绝美,成就其桀骜的灵魂自由飞扬。以形象附会的树木很多,在山道边上,与"情侣松""长寿松"不期而遇。"情侣松"深植山岩,双株紧紧依偎,张着细密松针,交错相拥,幸福得热烈奔放。我能够想象,在无数个狂风暴雨的日子,它们执着相守、凌云飞渡的样子。而崖巅的那株"长寿松",虽不再挺拔,却是树干鳞纹虬曲,撑开苍劲如伞的树冠,披着枝条坚硬的"蓑衣",顶着满天的日月星辰,静览过眼淡云浓雾如驹驰过,等候着又一个山明霞蔚的早春。

树声塞窣,松风习习,乘缆车凌空越过几座山峦,便站在明堂山袒露的肩上。在此,左右两侧山峰急忙避让闪退,敞开一方浩渺天地,明堂山主峰陡峭千仞,直插云天,山前深壑宏阔如大堂,供明堂山凸现峥嵘,昂首天穹,由群峰众岭顶礼朝拜。从这里视界顿时辽远明阔,远山近峰尽凭鸟瞰,狭促心境豁然洞开,偾张得通透澄明。侧前方,中晌的太阳灼灼映照,远近林木均镀上一层温煦色泽。连绵无穷的青山，和飘逸不绝的白雾，互为对方的背景，山雾或为白浪，或成碧波，起起伏伏，浪高潮低。

明堂山的峭崖绝壁间潜伏着不少峻石巉岩，大自然鬼斧神工的天成之作，造型生动逼真。俯视明堂山深壑绝壁之上，一只惟妙惟肖的巨型大鲵，顽强地向着主峰攀爬，用尽全部力量，只为了登顶目标，虽亿万年都未能到达，但仍以特立的姿态展现坚贞意志。眺望峰顶，九峰峙立，纵看如彩蝶翻飞，横观如笔架端坐。在两座山峰的回折处，迎面一块怪石峭立凌空，同行游伴惊喜喟叹，说极似一只呆萌的大猩猩，正拿着手机在刷屏，纷纷要为此取名，就叫作"大猩猩发微信"。但走到近旁发现，此景早已有名字了，石壁上刻着"麒麟观海"。不过，我们感觉还是叫"大猩猩发微信"更现代时尚。本来，中国文化精髓就流淌着天人合一，传统理念与现代意识应是贯通的。

到达主峰的路，是凿嵌在悬崖上的栈道，远远望去，就像是佩戴在明堂山光洁颈项上的一串项链，而在最凸出部位的玻璃栈道及观光台，则是她晶莹别致的吊坠了。自然造化的明堂山，系上一道鲜明醒目的人文标识。这是否会亵渎了她天生的本真？但作为神圣的"皖母山"，为她美饰一条绝美的项链，会更多地领略她珍藏的丰腴之美。

游览明堂山最精彩、最使人激奋的，应是登临悬崖玻璃栈道伸出的观光台，在此才会感受明堂山母仪天下的气象。明堂山真的是胸襟浩博，气度非凡，览尽历史烟云与斗转星移，威仪天地万物直奔眼底，拥抱四周山岭伏拜来朝。站在台边，张开双臂，闭上双目，似将要御风飘游而去。

初冬时的明堂山,遍山如火如荼的杜鹃早已开过,满壑如歌如泣的红叶还未燃烧。翩舞的蜂蝶早已来过,脆亮的鸟啼已经离去。明堂山此时清寂、沉静、谦逊、温煦,把最本真、自在的峰、石、松、云留下,供我于此陷落、沉没、埋葬自己,随由无边的林籁抚慰困顿身心,任凭洁净云雾拂拭纷扰心境。站在明堂山间,面对林石,我会突然热泪盈眶,不知怎么就黯然触动哪根神经,心头最柔软的部分瞬间发生感应。在明堂山里,我常常会陷入蒙然混沌,主客体位移,思维悖反。明堂山的山光林色,兀自存在,不管人们是否来过、见过,是否莅临、缺位过,她们的风姿神韵不减丝毫。可大哲王阳明的"岩上花树"却在辨析,那些傲然独立于山岩上的绿树繁花,没有亲临领略感受,又怎能获知其容貌呢?正如我初冬若未能走进明堂山,又怎会知道初冬的明堂山胜景呢?哪些是入至于理,哪些又是出至于情呢?

　　明堂山,我还会不时再来,如一只探春的鸟儿,守望在四月的杜鹃,成为你的知音。

漂流在剡溪

在炎蒸炙烤的午后,驱车抵达剡溪,整个人突然一下子就清凉下来。剡溪周遭的黛山、碧树、绿草、清流,不由分说地把你急切拥抱入怀。虽炙热的太阳仍明灿灿地高悬,但来自溪外喧嚣浮躁的心绪已平静下来,让人毫无觉察的溪风在贪婪地把黏腻的毛孔张开。

剡溪,位于皖南石台仙寓山下不远的山谷间。剡溪的名字,听起来还较生疏,不为众人熟知,但若说她是秋浦河——对!就是那条自古以来享有盛名的秋浦河,就是那条杜牧让牧童指认杏花村边的秋浦河,就是那条绵绵悠悠流淌着古典诗词的秋浦河,恐怕很多人会顿时惊悦,不由得情愫滋生,思绪对接,心旷神怡起来了。

秋浦河从历史深处流来,从皖西南葱翠碧绿的群山流出,身姿极其婉约婀娜,极其抒情地蜿蜒百余公里,在那个意象蕴藉的杏花村北流入长江。秋浦河的上游,迂回在幽旷绝佳的山谷间,飞泉鸣翠,清流湍急。秋浦河的下游,缓慢流淌于空明澄净的皖江平原,白鹭啄漪,玉镜平阔。秋浦河,惹引得昭明太子踞矶垂钓,诗仙李白缘河泛舟寻芳。而剡溪就在秋浦河中上游。

现在的剡溪,在草木茂郁的幽谷中,并不声张地轻轻流动,只是在洪汛期时,才会喧嚣奔腾一下。剡溪溪左,环山傍崖,峰回溪转；剡溪溪右，岸野平坦，或远又近。名曰剡溪，已没有了"剡"字的字义特征，多是清冽且平缓流动的模样，并无半点嚣张凌厉之态。现在剡溪的水势动态，已不再像是条河，更名副其实地像是条溪了。那么，这条也叫作秋浦河的剡溪，是不是已经失却了古时的宽阔水流，或者原来在唐宋时代就是这个模样呢？那么，一生纵情饱览秀山丽水，俱怀逸兴的大诗人李白，为何五次来到秋浦河，久久流连忘情地吟哦在秋浦河呢？那时，钟情迷醉于秋浦河的李白，会不会仅仅盘桓在皖南沿江平原那段静水平阔、波澜不兴、澄明如镜的秋浦河上？那里的秋浦河蓝天倒影，白鹭翩飞，低矮堤岸边石楠、女贞掩映，桃杏花开灼灼耀目。驰目远山近岭，层次分明，水色空蒙的河面上白帆点点，舟筏悄无声息地轻盈滑行。李白或独自星夜泛舟，举杯邀月，或登上秋浦渔家的小舟，抒怀唱晚，率性旷达的情怀伴着清风素月，随着涟漪扩散开去。那时，剡溪或许水窄流急，李白乘坐的木船还无法抵达。但是也未必说没有来过这里，不然李白诗句中的白猿啼啸、锦鸟腾跃，又是从哪里看到的呢？也许唐宋时代的剡溪溪宽水阔吧？凝视剡溪，我的视觉幻化不可捉摸：山已不是那山？但山正是那座山。溪已不是那溪？但溪正是那条溪。水正是那水？但水已不是那时的水了。

　　此时的剡溪，山色溪景尤佳，是处充满静寂、安逸和柔美的养心怡神世界。溪水清净、清凉、清冽、清澈、清纯、清爽，两岸重重叠叠的绿，早把溪水染成一匹光丽丝滑的绿绸，深深花树则清晰倒映在溪水上，自然而然地就成为绸面图案了，徐徐流动起来，看上去就非常美。午后炙热的太阳正好穿过树隙，斜射在碧绿的剡溪上,被层林密枝筛落下来的光斑,在溪流流动的地方闪烁跳动。剡溪,就这样安详、清纯、素朴地兀自裸躺在面前,被酷暑烈日炙烤过久的身心,已经顾不上亵渎了它的圣洁,迫不及待地赴身投入,要将自己放肆地浸润、融合在其中。我在如此窘态下,急切地套上救生服,跨进橡皮筏,仰身筏上,任其自由自在顺流而去。此刻,溪风徐起,水动筏移,将头脸埋入溪水,抬起时,头脑清醒得一片虚无,清新得一无所有。再把手和脚伸进溪水,真切感受充沛的津凉,正透彻地流进血管、涌入骨髓,沿着每一个毛孔传递,浸润全部身心。待焦灼卷曲的感觉舒展开了,睁眼望去,陡坡溪岸间,蔽天匝地、繁复无际的绿,在阳光的调色下,正次第变幻着碧、翠、墨、青、蓝的颜色,演绎生命和时空的无常。

剡溪靠山陡峭的一侧,溪水深些,平缓静流;离岸平坦的一边,溪水浅些,倒是在裸露的卵石间欢腾跃动,在水流被挡处,还会溅起串串的水泡。溪里的水是透明的,不论深浅,都清澈见底,纯粹得看不见任何杂质,也没有水草摇曳和鱼虾游动的踪影。浅滩上生长的丛丛菖蒲和不知名的水边植物,潇洒且清纯。从溪岸斜伏过来的树干,枝条横过来伸向水面,轻盈皮筏不时从浓荫下漂出。转过清幽的溪湾,前面又是空明澄净的惊喜境地。

真实说来,剡溪漂流实际上并不惊险刺激。剡溪没有高谷深涧,溪水落差不大,缺乏湍流跌宕;剡溪只是溪水软滑,清流凉润,让人轻松悦心。但是,剡溪娴静温存得太多了,为了让其多些妩媚,姿态生动起来,人们便用溪底卵石相隔不远垒些埂坝,在预设的狭窄缺口,使得溪水有了落差,形成急流飞湍之势,也增添些许惊险冲浪的感受。剡溪漂流线路不太长,不长时间就会漂到终点。我还想多些时间亲近这溪这水，不想用力挥桨划行，而是把皮筏漂向平滩树影之后，任由浅水里的圆滑卵石勾连牵扯，阻碍皮筏滑动的速度；或是于深水处，只在皮筏的一侧划拨，使筏在溪中打转不前，也好再久些盘桓赖在剡溪。

剡溪平日安安静静，晨晓暮昏里淡淡定定。满车成群游客的到来，使原本静谧、从容的剡溪，顿时就动荡起来、纵情起来、沸腾起来了。游客奋不顾身扑进剡溪，满溪的俊男靓女，衣衫艳丽，饱胀的情绪热力四溢，毫无节制地尽情挥霍；满溪漂旋着浅蓝、橘黄颜色的皮筏，像是盛大花期怒放的朵朵荷蕖。顺流漂荡的皮筏，飞桨翻划，水花四溅，相互追逐、相互挤碰、相互冲撞，欢笑声、惊叫声、喝彩声不断，把溪水搅动得晃晃荡荡，波澜起伏，涟漪四散。只要有皮筏临近，不论是自己人，还是陌生人，每人手中的水枪、水瓢、木桨，瞬时火力全开，合力把溪水向对方泼去，以把对方浇得湿透狼狈为快事。激战时，也会多筏围攻一筏，浇得浑身淋水，甚至筏翻人落。有人极具挑衅性，但全是善意。可以看出，年轻男女有意调情，也不会放浪失范，不过是在对的时间、对的地方，做对的事。不多时，满溪的人衣衫湿透，美女也不再遮掩羞涩，湿衣贴身紧裹，天性之美在自然中尽情凸显。本来天道、天性、天地之美，兀自存在，不管我们知不知道，是要还是不要，重要的是我们是否在场，缺没缺席。

游人散去，剡溪复归宁静。此刻，我坐在溪岸突兀的大圆石上，将腿脚放在溪流里，微风吹起，尘垢退去。坐看山水一色，溪树一体；坐到通体透凉，遍身虚无；坐成一株植物、一块卵石；坐待薄霭掩溪，夜色四合。溪边的蛙鼓声传来，萤火虫在不远的草丛闪烁。但远处公路边的树上还有断续蝉鸣传来,提醒着我,在几十里外,酷暑炎热仍在继续。只是炎热会生浮躁、焦灼、庸俗、颓废,更会狂妄、昏聩。

这时,从民宿方向飘来硒米饭的甜糯和野山笋的香味,唤醒的岂止是视觉、嗅觉和味觉啊……

清幽静寂齐云山

　　10月下旬,皖南的齐云山还沐浴在明灿灿的熏阳里,依然葱郁的山林,树隙叶缝间挤满细碎柔和的光斑。山霁林静,云淡风轻。无云时的齐云山,别有一番景致,天光树色融合,远近高下澄明碧净透了。因为,齐云山经常是白云缭绕,轻雾弥漫,其真容藏于丰沛的云海里,只有山头与云齐平,因而得名齐云山。

　　齐云山下的江水正在婉转有致地流淌。此时,秋江不宽不窄,静水不涨不瘦,清澈潺湲,有水草在摇曳摆动。岸湄平展,茂草星花,芦荻吐雪,不远处稻菽片片,金黄耀眼。

　　未从横江上古朴石桥过江上山,而是乘坐索道凌江登上突立的望仙秀峦。转身拾级,前行才数十步,左旁就有一亭,飞峙在陡崖峦顶。趋步入亭,临栏伫望,眼前空阔远明,澄澈净朗,山下的万千景物清晰数点,尽收眼底。但见田陌棋布,缀连入图;徽派村落,古樟掩映;宾馆营地,佳构新颖。横江从西往东呈S形清亮地划过原野,使得两岸田畴自然形成一幅偌大的太极双鱼图。古老的黄坑村和岩脚村民居,正好构成了双鱼的眼睛,从亭上俯瞰极其清晰逼真。这般天然造化的奇绝之境,或许是齐云山生动彰显天地元真之气的凝结,或许是中国古来道家们取法自然大道之理的追寻,看来齐云山成为道教名山,乃是天地的着意为之。在齐云山山脚凹进去的一块平坦田地上,按照太极八卦的图形，整饬种植四季不同植物，生成不同色彩的八卦园景，与天然的太极双鱼图，互为印证，交相呼应，生动诠释齐云山的道教名山内蕴。只不过稼禾八卦图景，则是今人对道教名山刻意宣扬的表征。

登齐云山的过程，是绝对愉悦的，那种感受是恰到好处的好。山路并不陡峭，游程不短也不长。石阶修砌得宽平齐整，洁净清爽。路径随山梁起伏曲绕，赭岩滴翠，浓绿扑面，步步生幽。虽有坡崖陡路，但还不会气喘腿颤。就这样步履不疾，舒缓信步走进山中，在阒寂深幽的氛围里，领略着齐云山的别样洞天之妙。

齐云山并不具有雄奇宏丽的大美胜景，它的绝佳处是深渺清逸，灵秀绮丽。有首诗准确精当地道出了齐云山的妙境："危崖神奇峰，绝壁布幽洞。岩额泻银瀑，幻景变无穷。"齐云山群峰如海，看上去经常白云缭绕，雾漫山尖，实则峰峦并不高峻耸立，海拔高度只有450多米。造型灵秀奇特的峰峦，多呈秃顶的圆锥状，峦壁上杂树浓淡点缀，从高处看去，如翠螺随意排列；从远处望去，山姿亭亭卓立，大多可以世物相称，天开图画形态逼真，妙趣横生。

曲径幽寂地绕往众峰，转过深郁的涧壑，沿途尽现危崖绝岩。岩崖顶上无论晴雨，总有泉珠滴落，犹如抛金洒玉，最盛处可成薄薄珠帘，引人驻足翘首观赏，静幽至极，沁人心脾的清凉。齐云山属丹霞地貌，山体岩石赭红，群山如穿上紫衣赭裳，色泽悦目，在灿阳斜照里，丹崖耸立，峰峦叠翠，相互映衬。有的岩崖镌满名人手迹，有的岩崖清溪侧流，色彩斑斓，犹如"仙人挂画",真的是天作画图无可比拟。

有多处高耸数百丈的岩崖,向内倾斜凹进去,形成宽敞的廊崖,崖壁上凿出大小不一的洞窟,安放神像,供奉各方洞仙。洞前绝涧悬崖,深达百丈;洞旁古代碑铭依次排列,摩崖石刻星罗棋布。历代名人雅士登临抒怀,纵情挥毫,镌刻崖壁汇集成诗碑的长廊。这里不仅是幽幻莫测的桃源洞天,也是书法金石艺术荟萃苑地。

齐云山下有横江,拥山入怀,清澈平滑地环流,青翠峰峦如同直插水中。齐云山中有云崖湖,澄碧似镜地倒映丹崖秀壑。湖面曲折通幽,水光潋滟。齐云山石上有细泉,从陡崖顶上跌落,薄雾氤氲。清亮的溪水流出石缝,积攒聚成瀑布从石壁上漫流,自然地泼墨成画。山弯石径旁,间有浅池深潭,池水清洁,有锦鲤戏游;而潭幽积翠,深水不惊。

齐云山道家的石窟洞府、道观宫殿,分布坐落在丹崖赭壁上,洞窟密集,洞洞相连。紫岩道院,崖观合一,峰峦环抱,宫殿壮观。依凿建的规模大小、形制不同,分别形成洞天福地、紫霄玉虚、太素宫殿三个道界圣境。尤其是明代嘉靖皇帝在此求子成真敕建的太素宫,庄严森然,气度非凡,是齐云山最大的道家宫殿。此殿背依玉屏峰,左有鼓峰,右有钟峰,三峰酷似逼真,相拥合抱,五道溪流清水汇聚于殿前。向前视野开阔,从山谷间挺立起一峰,形如香炉。其建筑选址搜尽山水形胜之精华,风水绝妙至极。齐云道山的出名始于唐朝栖霞真人在此修行,后盛于明清,香火旺时,信徒云集,香客如梭,建醮祈福,钟鼓鸣响,是一方名冠东南的道家圣地。

由三十六座奇峰秀峦呈半圆环峙的齐云山景致，山势呈怀抱式敞开的形状。登临游兴的石径，正如著名作家郁达夫描述的那样，是 C 形曲线的行迹走向。就在 C 形弧顶处，朝北是向内凹进来的深邃山谷，在绝壑之上坐落着三四十户村舍，密集成群，沿山道建造排列，依山势起伏，粉墙黛瓦，错落有序。石板坡道上上下下，清爽洁净，商铺饭馆，面街临崖，连缀成片。弯曲伸展的村庄、小街宛如一弯月牙，结果就有了诗意的名字"月华街"。从远处山峦望去，月华街如挂在悬崖上，在丹崖绿树掩映下若隐若现，恍如梦幻般的神居仙境。若是夜晚在山下眺望，闪亮的灯带，真是恰似如眉新月挂在山林之上。这里村居与道院相邻，禅乐与炊烟相融，是齐云山景色精华之处，也是道山与俗世气息融合之地。

齐云山是清幽静寂的，与之比邻相望的黄山、九华山，为世人所钟情拥爱，众心往之，游人如织，热闹非凡。黄山的富丽繁美，是满足俗世追求愉悦享受的欲望；九华山的宏愿浩大，是契合众人纡解信念缧绁的需求。而齐云山是清净无为、超凡脱俗的，崇尚自然、向天问道的道家，选定齐云山为"桃源洞天"是自然的，也是必然的。

拜谒黄冈赤壁

来到黄冈赤壁前,已是午后,灿烂的秋阳正把陡峭的石壁燃烧得通红。壁顶岩树流翠,秀木积黛;壁前修竹摇曳,樟桂溢清。眼前这座巍峨耸立的殷红石壁,就是在中国恢宏历史的烟云深处,被无数人驻足翘望过的赤壁吗?是在绵邈的文学艺术瑰丽长卷里,为无数人倾心痴迷过的赤壁吗?抬头仰望石壁,蒸浮的霞光一时令人目眩,有些恍惚的感觉。但知性意识在提醒我,这就是矗立在中国文化风景里的东坡赤壁。至于那处真实见证了樯帆林立、战船锁江的悲壮对垒,真实储存了箭矢如雨、火光沸天、惨烈鏖战的赤壁,早已被历史的风雨尘埃所遮蔽了。连近千年前的苏东坡,都对古战场的赤壁心有所疑,却也无法确认辨识。他只好把天纵烁烁的才华,投射到身边的赤壁上,让滔滔不绝的情思附丽在自然对应物上。只有随性洒脱的苏东坡可以做到尽情挥洒,至于赤壁的真伪并不妨碍他写就千古绝唱。

巡视人类文化艺术精粹绝伦的创造,大约都是天纵俊才与自然时空的机缘相会所成。长江两岸赭岩丹崖群立,黄冈赤壁何其有幸遇见苏东坡!而苏东坡又有幸遇见黄冈赤壁,便在这里完成了万世流传的精美华章。

阳光此时在亘古的石壁上明亮倾泻,想象得出近千年前的黄冈,天朗气清,远近澄明,阳光格外璀璨,把苏东坡映照得通体透亮,充沛饱满的生命元素纤毫毕现。苏东坡的天性、素心、品格、才情,纯粹得像一颗钻石,被黄冈的冰雪磨砺出数个切面,绚丽多彩,熠熠闪烁,恣意折射出繁富丰实的本真色彩。

苏东坡来到黄冈,是刚从乌鸦环栖聒噪的"乌台"释放出狱,犹如砧上之鱼幸运逃离,算是劫后余生的逐放,情绪低落极了,精神苦闷透了,人生命运跌落到了深谷。他是极为星稀的天纵大才,不仅文华绚烂,名动八方,而且雄才浩志,享有宰辅之具,更难得的是品格光风霁月,胸襟豁达宽和,心魂纯正无秽,却一次次地惨遭诬陷、迫害,一次次无端没顶于湍急的政治旋涡。他被逐离朝政,为官地方,政绩显赫,造福一方,百姓拥戴,却还要惨遭贬谪。

初来黄冈,想象得出苏东坡的神情是惝倦恹恹的,内心是悲戚灰冷的。那时在黄冈周边起伏的丘陵里,纵横的湖畔溪边,杂树遮掩的黄泥土路上,时常见到一个踽踽独行的身影,时而对着高远江天俯仰叹息,极力舒散心中难以排遣的郁结。此时,他的心中是沉郁的,同时也是落寞的。一代文豪,政绩显著的良官,却沦为失却自由的下层贬客,流落到贫穷凄苦的黄冈,哪一个正常的人不哀怨叹息呢?苏东坡痛定思痛,深刻检视自己在宦海中人生的起起落落,也曾悲苦地加以自责和否定,欲求克己自新,洗心革面,痛改前非,锄其本真,还要向骨髓里填注对朝廷的忠诚。在透风漏雨的陋室内,苏东坡问道求仙,参禅学佛,瑜伽炼丹;在静寂朗月的清辉下,苏东坡芒鞋竹仗,寻幽访古,饮酒夜游。这段日子,是苏东坡思绪最复杂、人格最分裂的时期。这些是率真任性的自我放逐,还是对人生意义索解的无奈?这有些有悖他的人格、品性的逻辑。也或许正是逻辑上的矛盾、对立，才会使世上的人更为有趣。

直到有一天，在城东的小山上，他找见了那片荒瘠之地，便遇见了在人生版图中占重要位置的"东坡"。从此，骄阳炙烤，荷锄执镰，寒霜冷雨，扶犁荷耙，日夕躬耕，辛苦劳作，在这片荒瘠坡地上，生长出繁茂的稻菽稼禾，也焕发出他坦荡生命的盎然生机。艰辛苦难的生活，非但没有让他沉浸在凄凉郁闷中，反而排遣了贬谪落魄的寂寞悲苦，他从疲惫平淡的劳作中发现人间情味，从宦海虚伪虞诈中悟出人生的真意。是黄冈的山川草木，愈合了苏东坡内心剧痛的伤口，磨砺出一种坦然恬静的心态，使他拥有了泰然处世的豁达胸襟，其思想、个性也更加成熟，气质、性格更为达观和从容。此后，纵然是风雨如磐，也是"回首向来萧瑟处，归去，也无风雨也无晴"的超然物外了。

我此时站立的地方，在一千多年前，是奔腾涌流的江面，现在则是绿树繁花，亭台廊榭，已经望不见滚滚江水，连江岸树影都需要登高才可眺望。可我的眼前，还会幻化出峭立的赤壁下，江水平阔缓流，皓月皎洁倾泻，映照在静寂的赤壁和江面上，水光接天，空明澄澈。苏东坡与友人泛舟，恣意漂荡。他抚须凝望石壁，把酒问月，叩舷吟哦，闻箫感怀。天纵绝世的才情、潇洒不羁的胸怀，顿时与浩浩江天明月融汇，瞬间神思飞跃，挥写下万古流芳的绝妙佳作。

是黄冈的赤壁，使苏东坡俯仰古今，思接千载，洞晓宇宙，纵情时空，评点世态，抒发胸臆，词意风发，雄丽豪放，坦诚率真地表达出人与宇宙、时空的无尽感慨。黄冈赤壁是中国文化一道光彩夺目的风景,有着难以置信的诗性、哲性和神性。

那么,我还是登上赤壁的山顶去看看。石壁不太高,石阶缘丹红的石壁向上,迂转攀上崖巅。山上树木葱茏,香樟掩映着古建遗迹。著名的栖霞楼、坡仙亭、东坡祠、二赋堂等,循崖依壁,层次错落,环境幽雅。上两层台阶,首先进到"二赋堂",门额是清代名臣李鸿章书写的。堂内巨大的木壁立地顶梁,上面镌雕的即是那两篇千古绝唱的文赋,分别以豪迈俊逸和古朴苍劲的字体书写,墨字雕屏,厚重典雅。华彩奇异的文字,加以气韵淋漓的书法珍品,相得益彰,给人以极强烈的艺术感受,顿时让人屏息肃然膜拜。移动数步,便是东坡祠,苏东坡塑像端坐堂前,清癯俊朗,气质轩昂,衣衫整饬,明眸凝神,栩栩再现苏东坡睿智儒雅的形象。实际上,在黄冈时的苏东坡,更多的时候是竹笠蓑衣、短衫芒鞋,形同农人樵夫,看来后来的世人还是愿意拥戴、敬仰他的硕儒名臣的本真形象。

赤崖西端的矶头,筑有"问鹤亭""酹月亭",临壁而立,飞檐翘角,是化苏东坡辞赋中把酒酹月、孤鹤问答的意蕴。苏东坡数次游览赤壁,登矶凭览,望见矶下江阔若海,激浪拍岩,不禁御风骋目,思绪万千,数点英雄豪杰,评析人生长梦。我伫立在亭中,只见矶下是一湾清浅小湖,湖波不兴,再也无法感受到"惊涛拍岸,卷起千堆雪"的景象了。只有临水的赤壁上,还有当年江水浸濯留下的蚀坑,表征着沧海桑田的嬗变。栖霞楼位于赤壁的最高处,背山面江,赤楹碧瓦。登楼眺望,可以看得见远处绿堤外的长江,俯见高楼林立的黄冈新貌。虽然我知道苏东坡躬耕的坡冈、建造居住的"雪堂"离这里不太远,但现在已经不能辨识了。我痴骏失神地望着,似乎想要发现些什么,可愚钝地寻获未逮。但一代散文名家贾平凹先生到此则感受到了——赤壁,天下"文气聚之"。

西边的红霞越过江树,映照着赤壁,飞落在栖霞楼,赤壁愈加丹红,仿佛是苏东坡旷世才华的灼灼霞光栖息于此。云蒸霞蔚的黄冈东坡赤壁,意象宏富,气韵丰盈,将会永远屹立在中国文化艺术辉煌的风景里。

孤寂虎台

与它的相识，是在无意间的蓦然撞见，是在漫漫时光里的不期而遇。那日午后，初秋的太阳映照着高原古城，天空无风，云絮细薄，灿烂阳光温暖尽情地涂抹，醇厚且均匀地弥漫。暑假未竟，尚未开学，校园内寂静无声。我暑假没回家，留在学校看书，书看得有些累了，丢下书，慵倦地晃出校门。

校门外俱是平展的农田，在夏秋时生长着粮物蔬菜。往东不远，路边有个小庄，被干垒土墙围得严严实实，看不见里面院落的样子。学院离喧嚣热闹的市街还有段距离，四周也没有好玩的去处，我就迷迷糊糊出校门，走进路南的菜地，顺着地头田埂，茫然无觉地随意转悠。农田的地势向南微微上倾，直抵古城西去进藏的公路边。地头长着些白杨树，直直挺立，树叶正亮绿，明灿阳光在上面一层层地停留。不知名的虫子，远一声近一声，短促地鸣叫，反而衬出午后田地里的寂静散漫。在转过一片长势茂密的玉米丛后，眼前突然出现一座高大的土堆，立在这片四周平整的田地上，规模宏大，威威势势。土堆坡面长着高低杂草，算不上茂密，间或裸露着灰黄的土层。沿着土堆走上一圈，发现是一个呈方形的土台，从下往上逐渐收缩，形成下面宽上面窄的丘台状貌。它的突兀卓立不像是自然原始的，肯定是很久以前人工堆垒而成的。

四面找寻,没有找到正式的往上登攀的路,只是见到草丛中有人踩踏过的痕迹。我兴致顿生,便循迹择道攀登上去。登临台顶,视野开阔多了,土台下物什清晰明朗。北坡下是杨家寨村,望得见紧凑的屋院里存放的农用工具和平房矮窗下的花草。南面不远的山脚下,是总后兵站部的营房,整肃地排列在白杨树丛里;北面低矮的谷间,流淌着清洌的湟水河。

可以看出,高大土台由几层叠垒堆积,在漠阳朔风无情的侵蚀下,虽台基的边沿粉化坍滑,但较宽台层的基面还明晰可见。土台的西北底坡塌陷一大片,像是被大量取土所致,使土台的形状不再规则。土台的东侧面也被挖进两处较深洞穴,虽还说不上疮痍满目,可也惹人揪心,黯然神伤。我在高大土台上端坐很久,伫立很久,空无一人,寂静无息,唯有高原的阳光,倾泻在千古斑驳的垒土上。黄绿长短的丛草,氤氲着厚厚一层金黄醇酽的光晕,直到夕阳斜照时,又是一土台的血色酡红。

我非常虚无、惆怅,对这高耸突起的土台茫然无知,竟在如此静谧时刻,无法与它交流对接。我寻思,它定是有着不同凡响的过往,有着显赫辉煌的时光,但眼下已经少为人知晓了。它就在学府的近旁,不只是我孤陋寡闻,也不曾听人说起。繁华的城市近在咫尺,却没见到有人到此游玩。土台虽还有萋萋碧草附丽遮覆,却也难掩颓败荒凉景象。

冥冥中有莫名欲念,想要知道它的以往。数日后,在学院内遇赵宗福君,他是高我两级的学兄,学习勤勉,知识深广,对青海的历史文化卓有见识,在校已有著述出版。向其问询土台为何物,便随即告知,此乃古城西宁历史上唯一为国都的遗迹,即东晋十六国时南凉国的阅兵台,也叫虎台。他让我去省图书馆查阅《西宁府新志》,那上面有关于此台的记载。后几日,我以《西宁府新志》为引导,查阅了东晋十六国有关史料,尘封的南凉往事和沉寂的虎台,从遥远的烟云中浮现开来。

或许是戎马西域的情愫使然,接下来的日子,在课余寂寥时,我经常独自来这里默默转悠,数十次地攀爬登临。望着东面不远车水马龙的闹市,看着西侧灯光明亮、青春飞扬的校园,高大土台荒凉冷寂,黯然地遗忘在逝去的时日里,淹没于世事滚滚红尘之侧。可是曾经的土台是多么煊赫威扬、横空出世啊!十万骁勇将士,十万金戈铁马,高台下,旌旗翻飞,甲胄闪烁,声震云天,久久萦绕在湟水河谷,湍急的河水滚滚东去。

虎台,雄踞在湟水谷坡,是一代枭雄与这片土地的命运相会,也成为一个王朝匆匆遗下的一柄权玺。东晋时期,中原大地,风疾雨骤,战火绵延不断,东晋政权岌岌可危。北方少数民族乘机蜂起,群雄逐鹿。淝水一战,风声鹤唳,以汉水、淮河为界,形成南北相持对峙的局面。在广袤的朔北漠西,各民族纷争不断,攻伐兼并,政权更迭,此起彼伏,朝代国号变化频仍,呈现东晋十六国分裂割据、相继存亡的混乱时代。

回溯到一千八百年前,继中国北方匈奴以后,游牧于塞北草原的鲜卑拓跋,策马驰骋,越过阴山,沿黄河两岸挥鞭向西,深入河西凉州,挺进河湟地区,从而定居农耕,繁衍生息,逐步富强壮大,力求开疆拓土,发兵反抗,自立门户,在军事上数次挑战他国,欲图割据建国,独霸北方。

东晋隆安元年(397年),一代枭雄秃发乌孤,身为后凉国的鲜卑拓跋族将领，毅然果决地脱离后凉政权统治，自称西平王，建立南凉国，先是建都青海乐都，不久迁往西宁。当时的西宁盆地湟水河畔，不时出现他神勇豪迈的英姿，骏马奔驰的铁蹄溅起滚滚尘霾。身为开国君王，有着足够的宏图浩气，踌躇满志，尽显英豪激情，又具有太多的自满自负。在嘶鸣的马背上，展望草青麦黄的河湟大地，秃发乌孤是怎样的豪迈、怎样的英勇坚强，才将殷红碧血浇铸在这方版图，扩建属于自己的家国？纵目山河，金阳普照，不禁纵情酣歌，狂饮不休。两年后8月的某天，秃发乌孤因醉酒坠马而亡。那可是在历史的星河中彗星般匆匆的一瞬啊！

其弟秃发利鹿孤登基，肩起国家重任，奋发图强。他一边内外改革，课督农桑，一边修武习战，扩建城镇，从而国力强盛，雄踞西陲。或为威扬君王的权势，或是展示军事的强大，或因某次誓师征伐的检阅，要有一种统领万众、君临天下的威仪。于是，在某个鼓角相闻的晴晌，或是夜晚，就有了构筑高台检阅雄兵的企图。此时西宁城西这片开阔的湟水斜谷，契合了南凉君王蠢蠢欲心的选择，开始调集万众兵民修筑宏大土台。秃发利鹿孤霸心如焚，英雄气短，肯定是壮志未酬，也在两年后的2月病殁，未能见到高台拔地而起。

宏大高台，只能筑成在南凉三世的手上，不然怎会用其公子虎的名字，称作为"虎台"？《西宁府新志》记载，"虎台西去县治五里，有台九层，高九丈八尺"，"极盛时曾陈兵百万检阅"。南凉三世是秃发傉檀，他精明强干，很有谋略，颇有野心。虽南凉成已为陇西最繁荣之地，但穷兵黩武，不断挑起战争，与四周诸国连番作战。虎台下曾吹响多少次彻天的寒角,曾飘展多少翻飞的旌旗,我们都已经无法知道了。秃发傉檀欲称霸河西,与秦地分庭抗礼,在414年,亲率七千骑兵,铤而走险,攻掠他国,却被西秦偷袭取胜,白白断送了强盛的南凉。

鲜卑拓跋的南凉国,昙花一现于中国历史纵深的皱褶处,埋没在中华民族繁盛的朝代里,只是朝着中华博大璀璨的文明投来短促的一瞥。它存在短短十七年,倏地消失在浩瀚的历史长河中,溅起几滴随风飘逝的飞沫,不为后世记忆是极平常不过的事情。置身在浩如明月繁星的英雄豪杰之中,南凉秃发三杰实在是瀚海沙粒,早已是杳无踪影,幸好还有虎台留下一抹荒凉痕迹。

轻风吹拂虎台坡上青草,风并不凛冽,却显得萧萧瑟瑟。夕阳斜晖下的虎台,色调凝滞,沧桑古意,散发一层薄薄的伤感。漂浮氤氲的光霭里,曾经喧嚣鼎沸的虎台,孤寂冷僻。曾经旌旗招展、战马嘶鸣的地方,繁华的市街灯光灿灿,在湟水粼粼的流波上闪烁。虎台坚实的土层逐渐风化剥落,唯有年年草色青绿茵茵。

熏风暖阳访高邮

4月的江左,温煦暖阳,熏风和畅。

此时,淮上平原,平坦田野正在萌动新绿,尚未及膝的麦苗,还在暗暗地滋长,麦地周边清寂澄明。单独或三两棵绿树,站立在麦田之上,多是栽植在田埂或沟塘边。而那远处烟树、绿云掩映处,才是村庄。临近公路边的农家屋舍,新筑营构,式样敦实素朴,多为三层小楼,四面坡顶,覆盖褐色光泽的瓦片,却不显时尚华贵。沿路楼房时连时断,或聚或散,聚居之处则错落有序。但见村舍屋旁,时有两三棵垂柳,柔枝飘逸;前庭院落,栽植数株桃花恣意伸出墙外。

前去的地方是高邮。这个时候来造访高邮,正是在对的季节来到了对的地方。每个地方都有各自的气息、性情,都具有最契合造访它的时间。在这酥润的春日来高邮,最可品味高邮厚重且恬淡的意态。

空气明显的新鲜,能感觉出有湿润的水汽飘浮过来。侧目车窗前方,忽见一大片水域。车驶过横卧的长桥,左转向北,就是高邮了。

高邮,滨湖拥水,沃野平畴。衣浸高邮湖,襟带大运河,古老的京杭大运河从城南平阔缓缓地流来。于今不动声色的平静中,曾经承载几多朝代的繁华与喧嚣。流去的逝水里,倒映的不只是古城塔影,还有京城龙船的奢华和扬州桃花的落红。傍临城西,浩渺着一派大湖,恣肆缥缈,水天一色,极目可见舟船点点,生动着满湖鱼虾的富美。高邮城内几条小河穿城绕流,在花木掩映间,碧水潺潺,清亮泛波。高邮人或临湖御风,或枕流梦萦,在氤氲的温润、漫漶的水汽里滋养生息。于是,高邮的品性被湿蒙蒙的水汽浸得温软、清朗起来。

寻访高邮,首先要知晓高邮的来历,必须追寻这个城市的历史踪影。从南门外大街的馆驿巷走进去,随即就叩开了高邮古远沉厚的门扉,踏着用灰青色砖块铺砌的路向西走,抚摸着路边竖立的"驿印流年"碑刻,一直走到巍峨鼓楼下的"古盂城驿"旧址,就像是步入时光隧道,一下子就开始了对中国历史朝代的穿越。两千两百四十年前,秦王横扫六国的铁蹄滚滚驰来,在这片河流湖泊交错的地方,构筑高台,建置传递军事情报、要务的邮亭,故称作高邮。往后,在高台的鼓声里,疾飞的快马奔来,满帆的舟船驶来,有苏东坡、马可·波罗、蒲松龄衣袂拂过,有不断闪现的达官贵人、文人诗仙们的身影。这里逐渐成为古代传递公文、情报,需要换马、食宿的驿馆,发展成为江左淮扬间的繁华邑镇。馆驿巷头,运河堤下,经受过千年风雨冲刷和人世沧桑的古盂城驿,楼廊亭院,古朴厚重,比较完整地留存了古驿馆的格局。它不仅凝结了古代信息传递系统的样式,也印证了高邮城市发展延续的历史。

造访高邮,游览高邮的市貌人情和自然风光,是一定要登上文游台的。文游台掩映在一座青峦之上,碧流环绕,绿树拥翠。这里原是北宋年代建造的山顶高台,是过去高邮城里最高的地方,可以东观禾田,西览湖天。因苏东坡在1084年路过高邮,在这里与秦观、孙觉、王巩相聚,此台有幸群贤聚集,随后就有了文游台的盛名。这里也是宋代最为优秀的师徒之间握手言欢、纵情吟哦之地,诗风豪放的苏东坡和词情婉约的秦少游,不同的艺术境界,并不妨碍他们结下深挚的情谊。文游台又是秦少游的读书台,一个词人一生能够吟出"两情若是久长时,又岂在朝朝暮暮"的名句,就已经足矣!从这里纵目眺望,高邮城的新楼街衢展现眼前,远处河湖交汇,波光粼粼,看得见湖堤绿树和镇国寺的塔影,是饱览高邮湖光水色的绝佳地方。

叩访高邮,不可能不去拜谒汪曾祺,不能不去汪曾祺纪念馆。高邮明净的湖淖河渠,哺育出汪曾祺纯朴、淡泊、温厚的人品性格,赋予了汪曾祺温情、洁净、醇美的异秉才情,浸润着他的文字简约、恬淡绵绵不绝地流淌,久久散发出醉人的滋味,他被赞誉为"抒情的人道主义者""中国最后一个士大夫"。他对中国现当代文学的贡献,为高邮增添了文化的重量和内涵,高邮也把他作为城市骄傲的名片。汪曾祺纪念馆就位于文游台下左侧,灰砖新砌的典型四合院,馆额是他的好友、著名书画艺术大家黄永玉书写的。院草茵茵,樟桂浓荫,正如汪先生文字静静地、持久地散发着馨香。馆内陈列着汪曾祺在北京的书房中的物什和藏书,运用声光科技手段,展出了汪先生文学、戏剧、书画等艺术创作上的成就。院内一角安放着汪曾祺手持烟斗、坐在藤椅上的铜像,极生动地塑造出汪先生睿智的神情,较好地呈现了汪先生温润的风采。我不禁抚摸着汪先生铜像的椅背,站立在他的一侧合了张影,虽然不能再亲身聆听先生真切的教诲,但也算是完成了一次精神上的对接。

　　古老的京杭大运河和平阔的高邮湖,在城西紧密相拥,汇聚在一起。河沉树影,湖染霞色,潋滟的湖水上渔舟棹横;缓流的运河上机船忙碌,呈现一派动静相宜的水乡画卷。在城边不远的运河里,立着几艘扬着巨大白帆的木船,增添了大运河昔日的诗味,勾连起过往的记忆,复原历史深处的场景。南北通流的大运河,从古至今同时润泽着杭州、扬州及高邮,却形成不同的城市韵致况味。高邮不像杭州柔美曼丽,不像扬州典雅矜持,高邮是圆融、纯朴、纯情的。

　　高邮,是座敦实而不失灵动、沉静而不乏温暖的小城。

那片菁菁的绿林

早些年我就读的大学,在高原古城西宁的近郊,一条宽阔平坦的"五四大街",连接平静的校园和喧扰的市区。学院的外墙紧紧依偎着麦田菜地,附近没有什么其他建筑和场所。那时高校刚恢复招生三年,校园规模不大,布局紧凑整饬,教学楼和校园道路简朴无华,没有什么虚饰华藻的地方。

高原从来不乏丰腴饱满的阳光,它毫不吝啬地恣意倾泻在质朴的校园内,每一物体每一角落都挤满明灿的阳光。可是,静谧校园拥有的苍翠浓绿的林荫道、花木掩映的幽雅去处,在这里却是难以抵达的想象和奢望。在此就读,日日走在校园里,浑身沾满明净的光色,正好与高远明澈的心律勃动,时时沉浸在理想梦幻的青春体味中。

校园里是有树的,可是不多。记得在教学大楼南面水泥球场边上,挺立着一排蓬勃旺盛的白杨,还有小巧的艺术楼前簇拥些矮树,它们似泓泓清泉在荒芜单调的视域里团团晕染。我经常会站在教学大楼的窗前,长时间地注视它们,目光仔细地抚遍苍绿的树叶。校园里阳光融融遍地,内心一片清澈澄明。而更多的时候,我感到朝朝暮暮拥抱的这个校园,太过于袒露地域的直白表情,四处弥漫着一种干燥质朴的情味。我抬起被明亮阳光照射得有些涩滞的双眼,四处顾盼,想要发现些丛生的新绿。

入学已经很长时间了，我只知道院墙外的地里栽育着菜蔬，对四周的环境仍是陌生。我从最初如3月春蚕般贪食书籍"桑林"的亢奋中开始倦怠，一种说不出的寡淡思绪渐渐弥漫。在一天无课的下午，天空漾着透明纯净的阳光，远近僵滞着单调沉寂的景象，我茫然无绪地走出校门，无意识地右转往西，不知不觉间走到后来才知是学院附中的院内，绕过几处花坛苗圃似的小筑，便走到了向北敞开的一处小门。我好奇地朝门外望去，心头突地惊颤到将要窒息，霎时不能自持地瞠目失语。门外，毫无预示地涌来一大片驰荡绿波，一瞬间就冲溃贫瘠的内心堤坝。门外西侧一块偌大规整的平地，是附中的田径场。田径场边挺立着几排茁壮的钻天杨，阔叶婆娑，翁翁郁郁。门外东侧生长着葱茏茂密的矮树林，挤挤挨挨、排排荡荡蓬勃开去，恍如泱泱的碧绿湖水，青翠得非常纯净和深邃。猝不及防与之相遇，我有种在沙原上望见蜃楼琼岛的幻觉，兴奋地奔向矮树林边，手抚青绿枝叶，看着指间滑动的倩影，不觉早已激动得泪盈眼眶。

我从瞬间的惊喜中缓过神来，注视这片矮树林。青翠绿树在灿烂的阳光里凝神沉静。其实，这大片的绿树林，就生长在学院北院墙的外面。因北面院墙未朝外开门，正好又有教工宿舍楼阻断视线，于是，绿意盎然的绿树林不被看见，非得绕弯穿过附中校园，不是熟稔知情要特意来此，很少有人会知道这里。平日里，矮绿树林就深闺美人般地很少受到热情眷顾和青睐。

矮树林已高及人头，看上去枝干自由伸展，似乎没有修剪过的痕迹，也不见排列有序，想要去到树林深处，也无成形的道路可循，几乎接近于自然状态。再往北稍远些，就是清冽的湟水河了,也没有路通往那里去。

高原过于明净的阳光照耀在绿树上,尤为青碧纯粹,色泽愈加纯正质朴,格外清澄。团团簇簇、丛丛叠叠的绿树,远远望去不像江南绿林如一团绿雾,弥漫着一种朦胧含蓄、清雅飘逸的韵味,而像是一层绿云,沉浸着清朗透明、净澈凝碧的饱满质感,越加晶莹地映衬在高原质朴的天光地色里。

我们在世上往往寻找追逐美好的事物,唯有那种最能契合心念、慰藉灵魂的东西,大约是最美好的事物。我静静伫立,为美妙的发现而兴奋不已,对眼前葱茏翠林痴狂倾倒,感动得心醉神迷,难以抗拒地要将自己融化其中。茫然人生的每一次美丽邂逅,看似偶然无意,实则都是命中注定的尘缘。我此时已知道,这片矮绿树林在往后的日子里,一定会葳蕤在我生命的梦境里。

从此,这片盎然林色,染绿我四年大学课余的孤寂时光。我经常漫步这里,从纤纤枝丫缀上嫩叶到金黄秋叶遍地,它无数遍地注视我,我无数次地走近它,默然无声地摄录我踽踽独行的足迹,我也时时沉浸在它勃勃的生机里。

可能是出于教学秩序和校园安全考虑,学院附中北边的校门时常是紧闭的,很少有人知道开门的时间和规律。因此,这片矮绿树林少有同学涉足。湟水边的凹地空谷般清寂无扰,能嗅得出空气中多了些恬静湿润,散发着树木清芬的体味。这里更多时是空无人影、阒寂宁静,青绿树林兀自地蓊郁翠明。这样幽静的存在,乃是因为树木独自承受风雨冰雪,感应自然四时的规律法则,乃是郁郁葱葱绿林吸附尘嚣的容纳。真的是静极了,我闭目享受这份无边无际的安谧。

在那以后的日子里,我时常来到这里,听翠叶轻声独语,闻树香清凉淡雅。这时,我是它唯一的访客。这丰盈幽美的华章由我独享,真的是很好很好。在无课的午后时光里,寻一株风姿绰约的树干,或依靠,或端坐,或斜躺在如同华盖的浓荫下,可以静心阅读书籍、整理零散笔记。翻开古典诗文陶醉其间,徘徊在唐诗繁华的街衢和楚辞花草纷披的原野,迷失于绿树村合、燕草碧丝的意境。合上书本一刹那,便气清神怡,心生欢愉。此刻,全然不知温热的光影拂脸,斜照的光彩已在枝叶间缭绕。

也会在茫然无绪、孤寂落寞时走进这里,停步在众树间,枝如素手,叶如翡翠,随手抚弄叶声簌簌,幽幽的流韵从眼前脆脆滑过,润甜地落入干枯的肺腑,梵音般救赎心灵的隐痛。也许对我来说,越热闹则越孤单,时时需要寻一处净心所在,宜乎悠游独处,能够让我自然、松弛、畅快,得到丝丝缕缕的安慰,止息轻薄浮躁的迷眩,滋补清纯洁净的情愫。

不过,这僻静的绿树林也有喧嚣的时候,那是学院每年要在近旁的田径场举办运动会,召唤出学院的众多师生相聚这里,人声鼎沸,欢声雷动。那可是另一番绿潮涌动的视觉盛宴,别样青春盎然的激情荡漾。我缺乏健硕的身姿在赛场上竞逐拼搏,只有坐在绿荫下呐喊鼓劲,捕获本班级那位顾长身影在400米和800米飞跑的名次,及时地写上几篇饱蘸激情的广播稿。记得曾站在高大阔叶的白杨树下,观看充满生命激扬、意志顽强的万米鏖战时,就见一熟悉的外系学弟,在奋力高抬腿跑动,可是只见抬腿,不见向前。我霎时明白是怎么回事了,扯上身边同学,冲上跑道将其抱起,抬进树丛静卧歇息。此后,这成为我们之间谈天聊地时长久的佐料。

  我是万里之外飞来高原的征雁,圣洁高原馈赠我一方诗意息歇以添翅充饥的绿林,惠施我一派清澈澄净以梳羽浴魂的碧湖。在我孤独寂寞的每一个日子,在我空虚迷惘的每一时刻,我一次次站在这片树荫下,它给我的布施,给我的浸染,给我的感发,都化作我的生命情爱、灵魂眷恋,融进血液久久流淌,直至此生的尽头。在那年7月离别来临的黄昏,我最后一次来到它的身旁,高原上灿烂明亮的阳光把葳蕤绿林笼罩上厚厚的暖红。

  现在,经常游览或路过绿树簇拥、花木绚烂的景致,我心中都会涌动起一种特别的情感,眼前总会浮现出那片菁菁的绿林……

辑二

心念以往

情结穿针器

我对我居住的这座城市,现在已经熟悉得发腻,可二十多年前,它却是我梦中向往的地方。那年为了躲避肆意猖獗的脑膜炎,也为了让我这个乡野的"井底之蛙"见见世面,在此上大学的舅舅,第一次把我领进这座城市。

那是"文革"浩劫的后期,我还不满 10 岁。当时的这座城市远非今日繁华美丽,却处处拴住我新奇的眼神。舅舅没有时间带我玩逛,又怕我悄悄溜出去跑丢了,只好想了个两全之策,找了个旧帆布包,挂在我的胸前,装上百十份他们编辑的报纸,让我出了校门后,沿着大街叫卖,俨然成了一个名副其实的报童。待到把报纸全部卖完,再沿原路返回,不得贪玩走差半步。卖的钱回来后全部交出,但也会得到五分钱的奖赏,可以买一根冰棒犒劳自己。如今比较现代时尚的长江路、金寨路,昔日曾飘扬过我卖报的叫声。十多天下来,我长了不少见识。我很快度过了一个月新鲜快乐的日子,也匆匆结束了我此生的报童经历。

返乡回家的前一天,我捏着卖报奖赏攒下的一块多钱,紧紧跟着舅舅再次来到逐渐有些熟悉的街道。舅舅一再劝我,可以用这一块多钱买些自己喜欢的东西。柜台里的物品一次次强烈地燃起我贪婪的欲望,可我死死攥牢那一块多钱,舍不得花掉分毫。

在淮河路的拐角处,我被一个年轻人卖穿针器的叫喊声吸引住了。这是用锡铸的小巧的物件,形状极似袖珍花瓶,上端有一个垂直的孔,可以垂直地放进一根缝衣针,下端有一个贯通的横孔,棉线从横孔穿过,再将缝衣针拿起来,线已经穿进针眼了。这小玩意儿穿起针线来非常省力,免得费眼神还老穿不过去。我想起母亲经常要缝补衣服,于是便毫不犹豫地掏出一角五分钱当即买了一只。那剩下的钱变成了我一个学期的学费。

回到家中,我急不可待地把穿针器拿给母亲,忙不迭地拿出缝衣针、棉线演示一番。我想母亲一定非常高兴,不料母亲怒责道:"傻孩子,我怎么要用到这东西?"骂归骂,母亲看着我,眼里溢满泪水点点头。她找出一条结实的红线,拴在穿针器的孔上,让我挂在显眼的土墙上。我这才想到,母亲还年轻,眼睛不花,手脚都非常灵便,穿针引线时还用不上它。

多少个乡村清寂的夜晚,在昏黄的油灯下,我或是读书或是做作业,母亲总在一旁做针线陪着我。她不时地用针挑亮油灯为我照明,凑近灯光穿针引线。我有时站起来,摘下挂在土墙上的穿针器给母亲,好让她少费些眼力,母亲总是说:"不用,不用。"她慈爱地微笑着让我再挂回去。

我送给母亲的第一件东西就这样挂在我记忆深处的墙上。

昔日做梦也不敢奢望属于自己的这座城市,在十几年后也差不多淡忘了。没想到,仿佛冥冥之中有命运的纤手,扯进情爱的红丝线,将我爱情的窝巢筑在这里,又使我长久地享受这座城市的朝朝暮暮,沐浴着它的璀璨灯辉,奔跑在它的血管之中。岁月已逝,时过境迁,依稀的梦境已让全新的都市光彩涂染。走在已经质变的街道上,我还会不时地想要找寻过去的印象,还会反刍曾经有过的美丽回味。

我时常回乡看望父母亲。晚上待我躺下入睡前,母亲总爱坐在我的床边,拿过我脱下的衣服,搜寻着衣扣有无松脱,衣缝有无绽线的地方,有时还会拿出针线来,再牢牢地缀上几针。雪亮的电灯光下,母亲高高举起缝衣针,双眼紧眯,手颤颤地将线穿向针眼,往往需要反复很多次,才能将线穿进针眼里去。

母亲老了。她一头的白发一根根刺破我的泪腺。虽说家中在多年前就已添置了缝纫机,而且也很少再缝制衣服了,但母亲有时还是喜欢用针线缝缝补补。我又想起了那只穿针器。我亲爱的母亲,她不再责怪我为她买穿针器了,可我那小小的穿针器却不知哪里去了。

返回城中,我总期望着会在某个角落卖杂货的老太太的摊前,还能够再买到那样一只小小的穿针器。但我也知道这种想法是徒劳的。

我若在某时会真的寻觅买到,我一定要系上金色的丝线,挂在老屋母亲能够看到的地方,润泽她苍老的双眼,或是悬在我的书桌旁的墙上,让我在夜阑月斜时经常凝视着它——

忆父三章

一

父亲在这片田地里长高,从这片田地上走出,开始了他人生的路程。后来,父亲又一步步地退却,回到原初的这片田地里。田地上一抔圆圆的土堆,就成了他一生的句号。

在邻近的村庄小学未能上完高小,父亲就俯身扑进田地里,荷锄执镰,扶犁荷耙,干起粗重劳累的农活。忽一天,他正在打麦场上忙活,听到有人在说,乡集上有部队正在招兵,他就不声不响地跑到集上去,待家人得知信息后,他已从蚌埠坐上了北去的闷罐火车。火车"哐当、哐当"跑了几天,他一下被拉到了丹东。他在这里换上军装,进行短暂的训练,就跨过了鸭绿江,随部队赴朝参战了。他在前线参加了与美军的惨烈战斗,和战友们不畏生死,顽强死守山头阵地。要不是那天他被派到团部去考报务员,就已经献身在朝鲜战场了。因为,在他走后不久,美军飞机投下的一颗炸弹落在阵地上,全班战友壮烈牺牲,无一幸免。战后回国,他跟着部队到太原建飞机场,在北京建中苏友谊纪念馆等,参加到建设国家的重点工程中。父亲从家乡的田地里,一步跨上抗美援朝和建设祖国的道路,开启了人生最初的光亮时期。

之后，父亲复员到地方，因在参加国家重点工程建设中接触了点电工知识，便被分配到淮南发电厂工作。他做人忠厚诚实，干事认真细致，在电厂技术人员的辅导下，孜孜不倦，勤学苦练，不久就熟练地掌握了电工的基本知识，成为优秀的技术骨干。接着他就被派到淮南附近的凤台、颍上等县供电单位工作，充实基层紧缺的电力技术力量。

那时的县城都不大，还不及现在的有些乡镇。县供电单位小，人员少，条件较差。父亲没有抱怨，没有迟疑，满腔热情地用所学的新技术，积极投入县级的电力建设中。当时，国家基础建设才刚刚起步，县城才开始通上电，乡镇都还没有。电力还是新鲜、紧缺的东西，供电单位如同香饽饽，电工成为世人羡慕的吃香工作，这也就无形中滋生了供电单位有的人骄傲自大、轻飘慵懒的风气。他对此很是反感，自己则勤勤恳恳，兢兢业业，埋头干好工作，对供电杆架、设备安装、线路铺设，尽力做到精益求精、安全规范。他干完的每件活，都讲究布局合理、整齐美观、使用方便，在赢得了群众普遍的称赞时，也招致了自以为是、工作不负责任的人的嫉妒。有次，县五金商店电线起火，烧毁两间门面房及商品，消防单位让他去现场协助，帮忙察看火灾原因。他性格率直，不会也不愿说假话，也不为本单位袒护，认定是线路串联混乱造成的，而这线路正是供电所所长带领徒弟干的。所长因此受到严肃批评，从此，也就对他心结怨蒂。后来，在三年困难时期，国家为精减城市人口，号召城市职工下放农村。出于狭隘自私的报复心理，所长便撺掇其他人员一起，合伙推荐父亲下放农村。县领导以其技术精湛、岗位工作需要,不同意放他走时,所长向领导汇报,说他是抗美援朝复员军人,比其他职工觉悟都高、思想进步,积极响应国家号召,家又是农村的,是自己主动要求支援农村建设。就这样,父亲带着身体内两块弹片,怀揣着几枚纪念章,回到了故乡的这片田地上。

回归农民身份的父亲,从每月领取较高的工资,到每天挣几个廉价工分,白天粗重农活累得疲惫不堪,夜晚面对的是黑灯瞎火的村庄,要知道他曾为黑暗点燃了多少明亮的灯火啊!这些巨大的生活落差,心情的落寞是可以想象的。他只能闷头辛苦劳动,来消解被排挤算计的郁闷,以填充自己宁折不弯的自尊。

这样过了几年,农村大力整治农田,兴修水利,为了抗旱排涝保丰收,县里要在我家不远的南山坡上建一座电灌站,从淮河里抽水到山坡高处的水渠,然后沿抗旱支渠灌溉低处的农田。修建电灌站紧缺电工,公社知道父亲有较好的电工技术,正好能派上用场,便抽调父亲去帮助电力设备安装、架设线路。他很兴奋,更是欣悦,感到自己的技术没被荒废,又能够施展自己的本领,为家乡的建设贡献力量。另外,在电站建成以后,还有望留下来转为电站正式工作人员。于是,他早上工、晚下工,不怕苦、不嫌累,也使出浑身解数,干出的活严谨规范、整齐美观,连县上派来建站的技术人员也连连地称赞和佩服。县水利局负责同志和公社干部说,没想到你们这里还有个电工技术这么好的人,待电灌站建好后,可以留下来转为正式电工。电灌站两三年建成了,同时也把照明线路架设到公社的镇上,镇上的学校、商店、医院等,也就相继用上了电。但附近群众也想拉上电线装上电灯,但按规划还不能给予安装。父亲这时被公社分派,承担供电线路的维护和检修。新架设的线路刚通上电,电量小,电压低,线路和灯泡经常坏,需要不停地修理和更换,他也忙得不亦乐乎。电灯既方便又明亮,能用上电灯还比较稀罕,住在镇上的有些人就想方设法打用上电灯的主意。于是,有些胆大的人,就偷偷拉电线装灯,线路隐蔽又极不安全。父亲一心为公,对这样的损公行为,经常明察暗访,发现私自偷拉的电线,就剪断电线、收缴灯具,报告给公社进行处理。对公社干部的亲朋近友,他也不讲情面,心无顾忌。其他的电工劝他,反正都是公家的电,不要去得罪他们。可他心直不拐弯,还执拗地觉得当干部的素质高,更能克己奉公,管好自己亲近的人。可干了大半年后,公社就不让他再干了。父亲为公社电灌站建设,辛苦奋战了三四年,又回到了村子里。

不久后,农村面貌发生变化,各个村庄也可以用上电了,在我家村头就建了一座变电所。父亲又被大队抽去维护变压器,为各村各户拉线装灯。村庄用电多了,电工很缺,那时还没有恢复高考,大队就从高中毕业的返村青年中,选拔几人跟随父亲学习电工知识。他从爬杆登梯到铺线装闸,手把手地传授知识。农村条件差,杆线比较简易,房屋低矮杂乱,线路走向难以规整,可他从不简单马虎从事,尽量做到安全规范。这几个年轻人逐渐上手,很快掌握了电工的安装、维修技术,成了大队有工资补贴的农村电工。而大队说父亲年龄大了,不再需要他了,他又只好回到田地里去劳动了。

父亲服从组织安排,复员到地方工作。在他人生最宝贵的二十多年里,从市级电厂的电工,到县供电单位的电工,再到农村公社电站、生产大队的电工,最后还是成了家乡田地上的农民。农村生活是艰难的,母亲放弃了城市生活,带着子女下放农村,在挨饿缺衣的穷苦日子里,会不时地责怪、怨恨父亲,我也常用电影《南征北战》中的话顶撞,说他是"大踏步地后退"。也有人揶揄他:愚拙执拗,不精世情,一路走的都是下坡路,一生一再地退却。他也许心感愧疚,也许暗暗自责,每次都是默默地低头不语,一声不吭。

可我在成年之后,浮沉于仕途,知晓父亲的内心,黑白分明,纯正向善,性格耿直,不善于周旋,也不圆滑随流,始终保有宁洁不污、宁折不弯的品格。

父亲一生的退却,不也是他一生顽强的坚守?

二

父亲一生做人行事谨微低调,过于厚道实诚。不要说识时取势了,实在算是愚钝得太"死心眼"。父亲在村庄学校念书到高小,后来就参军抗美援朝,回国复员到地方的电力部门工作,后又响应国家号召自愿回乡务农。按说在村子里算是有些文化,也见过大世面的人,可逢时处事一点也不精明灵活。

20世纪五六十年代,农村正是人民公社时期,还没有进行农村土地经营方式改革,实行以土地大包干为主要形式的家庭联产承包责任制。这时,农民还没有对土地自由经营的权利,是以生产队为整体,集体在农田耕种劳作,统一向国家缴送公粮,剩下的就按劳分配。一切的农事活动都是大家一起做,除去少量的一点自留地外,一切耕种收获都归集体公有。农民在集体的土地上,一起出工干活,耕种播收,挣取工分,到年底工分多就多分粮得钱,工分少就只好少分粮得钱,甚至还要负亏往外拿钱。工分是根据每人的体力大小评定的:强壮的男劳力出工一般每天10分;体力弱些的男劳力和妇女每天7~8分;小孩按年龄每天4~5分。家庭里如果劳力多些,平时出工多,到头来分得的钱粮就多些,日子就会过得好些。父亲在生产队务农,也正值壮年,但给他评定的工分是8.5分,缘由是他干活没别人快,不太"出活"。这使他很有些难堪,也没少被母亲恼怒责骂。本来家里孩子多又小,就靠他挣的工分,他挣得的工分少,日子过得就更加艰难。

生产队时,是出工一窝蜂,干活大呼隆(方言,聚在一起)。既有出工不出力的,也有干活瞎糊弄的。时间长了,集体的事就成了"大家马大家骑",形同是"吃大锅饭",就有了耍滑取巧、偷懒蒙混、损公肥私的人。有的人净干些既显眼又实利、得好又卖乖的表面活。

七八月份,骄阳高照,赤日炎炎,正是农村进行田间除草的最佳时期。这时候锄掉庄稼地里的杂草,只要一两天不下雨,草就会被流火般的阳光晒死,对农作物增收极其有益。村民都抓紧这段时间,冒着酷暑高温,在田间给各种作物锄草。大家来到田地里,一条龙平行排开,一步步向前锄草。男劳力体力好,干活比较实诚的,锄得就快。有的人却怕多干出力,并不认真把应锄去的草锄去,而是扒一锄盖一锄,少出力又锄得快,显得没掉队,看上去干得不比别人少,又能大呼隆在一起闲聊逗乐。尤其是锄大豆棵里的草,有些草是紧偎在大豆根下,要用锄头尖小心慢锄,既要锄去草,又不能伤到苗。可有的人不是不锄去草,就是毫不怜惜连苗一起锄掉。父亲和其他社员们一起锄草,他总没有别人锄得快,有时人家都锄一趟到头了,他才锄到大半趟,人家锄到地头又新起一趟了,他一趟还没锄到头。他不时地蹲下身子,把豆根旁的草用手仔细拔去。有些人就觉得他锄得慢了,便对他冷言冷语。母亲也总是很生气地嘟囔他:"不能锄快些吗?人家是在锄草,你是在绣花!你傻呀,没看别人是怎么干的?"父亲急了也会顶句:"那是叫'瞎眼马耙地,只是扑得快',不是自家地都不精心,大家都在糊弄,到头来都骗谁呢?"他毫不改变,安之若素,还是按照自己的方式干。锄过草的庄稼地,在下过雨过几天,就能看出情况了。有些锄过的田里仍杂草萋萋,好像没锄的一样,而父亲锄过的一趟趟清晰明显,几乎见不到草,庄稼长得疏朗均匀、蓬勃旺盛。

秋天大豆成熟了,要用镰刀来收砍,有人图少弯腰又省力,把豆棵砍得离豆根较远,豆茬上还留下短枝,挂着一些豆荚。父亲砍割豆棵时,总是把腰弯得较低,镰刀贴着地面砍,豆茬上就不会留有豆荚。他不停地嘀咕:"辛辛苦苦,一年累到头,不就是为多收点粮食吗?这到手的粮食就这么扔了?"还有秋天收红芋时,先是用木犁在墒垄上犁开隆起的土层,再用手和抓耙拾起红芋。有人图省事就抓着藤根拎起一穴,在土里搜刨一下就完事了,以致在墒垄土里遗留不少红芋。而父亲则在拎起一穴红芋后,再在穴的四周土里刨耙一遍。一般情况下,生产队集体收完后,等待的孩子们用铲子搜寻疯抢,拿回自家。可在父亲收完的墒垄里,很难再搜拾到红芋。所以,小孩们都不去争抢他收过的那些垄。

在农村吃"大锅饭"年代,在生产队大呼隆出工干活,父亲干这些粗重的农活,也极有责任心。实际上,他干活是可以快些的,多是因为认真细致耽误了时间。他干公家田地的活和自己家里自留地一样,甚至比干自家的活还要上心用力。生产队嫌他干活慢,就不按正常男劳力给他满分,他也没过多计较,没有耿耿于怀,不愿再尽心尽力,而是照常出工干活,该怎么做还怎么做,不因为给自己工分低,就少干些,也没想为干活图快,就乘机糊弄了事。父亲的性格就这样,无论干什么事都要尽可能做好,从不会蒙混欺骗。就是明明自己吃亏受损,也没有想去改变一下自己。

农村改革进行土地承包,包产到户,当时就有人背地说风凉话,要看父亲笑话。说到各自干承包了,断言到时他恐怕连西北风都喝不上。父亲无暇去理睬他们,于是在自家的承包地里,按照自己的心意,辛勤耕耘。他深耕细作,加强田间管理,悉心照料作物生产,地里的庄稼被莳弄得井井有条、肥水适宜、长势良好,比起周围田地里的作物一点不差,比有些人家的还要好,比一般人家收获的都要多。我们家并没有连西北都风喝不上,甚至比他们吃得还要饱。父亲说:"土地不会辜负人,你待它好,它定会对你好。"

父亲一辈子都是遇事不知见势迁回,不知灵活变通,吃了不少亏,贻误不少好事,但他就是这样一直愚拙,一直执拗……

三

父亲的性格沉静内敛,不善外露声张,外表清冷,不苟言笑,整日里表情严肃冷峻,外人认为性情冷僻不易接触,我们几个子女也感到没有欢颜快乐,对他无法亲近起来。尤其我是长子,日常间父子更是尖锐对峙,水火不容。在我已能知悟出因他的率性执拗,放弃稳定的城市工作回乡务农,给家庭子女带来极其艰难贫困的生活时,我对他是非常怨恨和绝望的。

外表看起来严厉的父亲,处世遇事一点也不痛快麻利,反倒显得有些矜持拘谨,缺乏雷厉风行、大刀阔斧的劲头。日常生活极度省俭,一分钱也舍不得花。子女不太亲近他,他对子女也不显亲热。争强好胜的母亲和他不断争吵,家中很少有和睦欢快的氛围。虽说我心中对父亲很是不悦,但毕竟还是自己的父亲,还要在一起生活。我在学校读书放学放假后,经常要和父亲一起干些事情。

多年前,绿树苍翠的舜耕山,还是在淮南市的郊外,山下就是开采年代较久的大通煤矿,我家距离这里有近30公里。上初中时,我和父亲有一次来到这里卖红芋。我家是连年的"冒账户",家里没有一分钱的收入来源,只能靠卖些自家的口粮,来买些油盐等日常必需品。为了能够多换几个钱,就要多跑些路,到价格稍高些但离家较远的地方去卖。

记得那次去大通矿卖红芋,是因为家里再没其他粮食可卖,只好将自留地里的不值钱的红芋拉远些去卖钱。已经是深秋了，天没亮就出门赶路，外面寒风萧瑟，田里一片冷露白霜。我和父亲拉着胶轮架子车，车上载着三大麻袋红芋，先是很费劲走上七八公里坑坑洼洼的土路，才来到平坦些的公路上。想着要早些赶到矿区的菜市场，好趁着矿上人早上买菜时能够卖些红芋，我们走得很累，也不能歇歇。二十多里的路，还要翻过窑山的山口。那时山口路窄坡陡，拉着重车更加费力。待喘着粗气咬着牙，赶到大通矿菜市场，早已是汗透衣背，精疲力竭。

矿上的人虽说是拿工资的，但工资也不高。他们买些红芋早晚煮稀饭吃，也是弥补点口粮的不足，因此买得也不多，一般在早上买菜时顺便买些。红芋卖的价钱不高，5分钱一斤，买的人还嫌贵砍价。我和父亲见人就喊卖，直卖到近晌午了，才卖了两袋多点，还剩近一袋没卖掉。拉来就得想法卖掉，不能再拉回去，况且还等着用钱。我要父亲把价再降低些，父亲不舍得压低价，我和他还激烈地顶撞了一会儿。父亲待了会，我只好把价钱降到1毛钱三斤，可还是卖不动。不能老待在菜场等着卖，菜场晌午后也没什么人了，我们便拉着车子，沿着矿工住宅的巷子叫卖。眼看太阳快下山了，想着工人下班后能不能再卖掉点。挨到天黑了，路灯亮起来，还剩小半袋未卖掉。回家有那么远的路要走，摸夜回去也不安全，父亲和我就索性不回去了，找个地方凑合一下，趁明早到菜场不论三两个钱处理掉再回家。

天没亮起来赶几十里路，又卖了一天的红芋，又累又饿，好不容易卖的一点钱，也不舍得花掉买饭吃。中午，我和父亲就啃个红芋填肚子，晚上还是啃两个充饥。也舍不得花钱住旅社，我们想找个合适的地方入夜能眯上一会儿，可找来找去找不到一个避风防寒的地方。向人询问,有人说两三里地有个打麦场,有麦草草垛可以将就过夜睡觉。在这人生地不熟的空旷野地,矿上人杂,我们卖点钱,还拉着辆架子车,万一被人惦记被打劫了,那就更是得不偿失了。天渐渐黑下来,我与父亲见一处灯光明亮的地方,便寻到那里,见是大通矿的电影院,门前是个灯光球场,有人在打篮球,我和父亲就在场外找地方坐下来。电影院里正在放映电影,有人声和音乐声不断传过来,我不由得痴呆呆地朝那里张望。那时,农村的文化娱乐活动极度贫乏,县里电影队下乡放场电影,晚上走十几里路,跑好几个村子追着看,我对看电影是非常痴迷和向往的。现在从身边电影院里传来的音响,像是贪馋的蚊虫,紧紧叮咬住我的心。

在我没觉察时,父亲一声不响,默默地踱向电影院的门口,过一会儿回来时,递给我一张小纸片,说:"去看场电影吧!这场就要散了。"我接过一看,是下一场电影票,票价是1毛5分钱,心里异常兴奋但又嫌贵。想着父亲极省俭,舍不得花一分钱,我有些迟疑不愿去。父亲说:"都买好了,散场了,快去吧!我在这看着架子车,看看打球。"我只好忐忑不安地走进电影院,坐在影院翻板座椅上,舒适地看起电影。不久,我就被电影里的人物和故事情节吸引住了。那晚放映的影片是《铁道卫士》,那部电影今生永远清晰地刻印在我脑海里。

电影散场了,我依依不舍地出了影院,外面球场的灯光已经熄了,四处一片黑暗,看完电影的人们走进沉沉的夜色里,电影院门廊前的灯也灭了,这块地方马上空旷寂静起来,我看见父亲坐在那里吸烟时闪动的一星光亮。这时,我和父亲发现电影院的进门处，门廊向里面凹进去一块，像是间只有三面墙的房间，正好三面背风，地面是平滑的水磨石地面，晚上在这里可以避避寒。我们便找来旧木板等杂物垫在地上，用装红芋的麻袋盖在身上，父子俩倚墙半依半靠地凑合着睡了一夜。那夜秋寒侵凌，又无法躺下睡觉，我却睡得安稳酣沉，蒙眬中感觉父亲把我身上的麻袋往上掖了掖。我感到从没有与父亲挨得这么近，也没觉得这样的温暖。

后来，我上了大学，就读于汉语言文学专业。我如饥似渴地阅读了很多文学作品，也非常酷爱影视艺术形式。参加工作后，我忝列为机关公务人员，有幸能够为我省影视艺术创作生产做些服务工作。虽然学识浅薄，能力不逮，但我时时警策自己，竭尽愚力，奋勉而为。面对日益繁荣的影视创作生产时，我的眼前总是浮现年少时卖红芋那晚看电影的场景。

如今，淮南的城市变大变美了，我多次驱车从舜耕山下宽阔的洞山大道经过，看见路北的那个电影院还在，影院的门面装饰靓丽了许多，但原来的基本轮廓没变。望见它，眼里不禁一阵阵湿热……

父亲从赴朝参战、回国成为技术人员到返乡务农，世事难料、人生失意，加上繁重的农活、贫苦的生活磨难，使他有着无以言说、无法纾解的郁结，心存极大的痛苦和无奈，生不得志，郁郁寡欢，看上去神情严峻清冷，实际上他的内心是极其温情柔软的。

秋日心祭

伫立在沉寂的秋阳里,面朝苍翠凝碧的山林,我终于来到了这梦萦已久的茅仙洞景区。我没有陶冶在秀美景色的愉悦,而是心底涌动着无尽的悲恸。我来不是为了寻幽览胜,我是来看望刚刚长眠在这里的舅舅。苍黛静默的林木,如同被悲伤的眼泪浸透,镀染上一层秋阳清寂的光芒。自儿时就心仪向往的地方,不承想竟然成为我清泪雨落的伤心地。

清风拂动素白的衣袂,手掌抚摸墓碑上镶嵌的遗容,我真不愿相信我敬爱的舅舅就仙居在这碑下尺方的石穴里。从山谷间舒徐飘出的雾岚,使眼前的现实变得缥缈虚幻,舅舅的形象在空蒙恍惚中浮现。

舅舅是个宽厚仁爱,敏学多思,具有极其鲜明的温厚气质的人。他给人的印象总是面容和善、性情温和,身体瘦弱却精神矍铄。实际上他一辈子艰辛吃苦,负重耐劳,承受不少困苦磨难,但对生活从来都充满热爱和希望,再沉重的担子都默默承受,没有叹息、沮丧、失望或者消沉。他在心底未必就没有苦痛,只是把它化为积极的人生态度了。我外公去世早,外婆没工作,无法生计,十三四岁的少年,就挑起全家四口生存的重担,靠给别人挑运货物,每天几十里百十斤,挣得些钱艰难度日,直到后来参加了工作,有了固定的工资。他的驼背就是从那时候累成的,他那驼着的背就像一张弓,具有极强的韧性和坚定力,时时承载或重或轻的外力。几十年来,虽然外来的压力大,把单薄的弓拉得过满,但在任何时候都没能折断,爆发的弹力反而会更大。就是这张坚韧了几十年的"弓",竟在毫无预兆的秋月夜突然折断了。真的没有预示吗?舅舅房屋的客厅里,立着一座自鸣大座钟,十多年来,都是由舅舅给大座钟的发条上劲,月转星移,准确地运行报时。就在他去世的前三天,他照常给大钟的发条上劲,可刚旋了两圈,发条就被拧断了。难道冥冥之中会有如此的预示或暗合?我不由得讶然长叹,惊愕不已。

舅舅是个朴实谦逊、普通平常,又具有较好才情趣味的人。他安于工作,兢兢业业,勤勤勉勉,得失无怨,甘于生活,俭朴持家,亲善处世,苦乐从容。没有太高标的理想,也不是没有追求;不求业绩超凡,但也不庸俗。看上去外表懦弱,性格随和,心里却是非分明,疾恶如仇。他一辈子生活平实,没有大的起伏波动,日子过得平稳但不平淡。没有上过几天学,完全凭着毅力和悟性,勤奋苦练,白天有空闲拈个树枝草梗,蹲在灰地上写字,晚上睡在床上用手指在肚子上画,练成一手好字,多年前这个县城里有不少门牌是他写的。在勤勉的工作实践中,他的文字水平也得到提高,还经常写下一些咏赞山川美景的律诗绝句,集成厚厚的一大册。他还比较喜欢京剧,退休之后,常常和一帮戏剧爱好者在一起切磋交流,动不动亮亮嗓子,是有一定水准的梨园票友。舅舅无官职,是个平平常常的人,他的去世却受到了人们对他的哀思和怀念。我没能参加舅舅的葬礼,据说那天自愿来为他送葬的素车近七十辆,绵延数里,燃放鞭炮的纸屑就收集了一卡车,这种情形为多年所没有。他们的身旁少了一个几十年来熟识的好人,是舍不得他要去送上一程吧!

春秋代序,生死变故,是不可抗拒的自然规律。虽说舅舅也算是高龄,但他精神饱满,爱好广泛,勤于书画,无病无疾,是在毫无预示下猝然离世的。他在无疾无痛中辞世善终,我们却很难接受,悲痛万分。我少时和舅舅在一起的时间很多,参加工作成了家后,对待工作不敢马虎,理家育女没有空闲,后来去看望舅舅逐年少了。今年来因工作变化有了时间,我想到要经常去看望逐渐年迈的舅舅。五一长假,我专门与人调整值班时间去看望他。那天,他见了我非常高兴,在饭桌前坐下,大声喊道:"我要喝酒,要喝好酒。"在酒的微醺下,他面色红润,领着我们去看县城新建的广场的立柱上镌刻着的他的书法手迹。晚上,他又兴奋地和我谈了很晚很晚。同行的襟兄和我说:"这个老人精神丰富,状态真好,能活到百岁。"怎能想到在短短几个月后,他就突然驾鹤远行了呢?

抬眼望去,茅仙山上树木郁郁葱葱。山坡上尺圆以下的树木不会知道,在岁月的年轮上,它们还很短少。只有口径较大的苍松翠柏会知道,当年曾有个瘦弱的少年,挑着沉重的货担,步履沉缓地从同样瘦弱的它们身边经过,有时靠着它们擦把汗,又沉缓走向远方。如今,它们都长成了古柏老松,那个瘦弱的身影也成了佝偻老者,他又来到你们的中间,你们还相识、还熟悉吗?我想你们还是相知的,不然他又怎么会来到你们这里呢?古柏老松你们还挺立着,那个躺下的老者怎么会死去呢?你们都会活着!

我用清素的秋风拭去泪水,心情黯然地从墓地返回。苍苍八公山下,粼粼淝水河边,乡院田头挺立着一株株低垂的柿树,树枝头上挂满通红的柿子,像是一盏盏亮着的灯笼。蓦间,耳边响起少时的儿歌:"打灯笼,接舅舅——"路边这些挂满枝头的通红柿子,就是我一盏盏点燃的通亮灯笼。舅舅哇,我为您打着灯笼,照亮您回家的路,接您回家。您不会走远吧,您要经常回来啊!

诗稿上留下的记忆

书桌上放着一沓诗稿,是在宣纸红色竖行信笺上用毛笔书写的。这是舅舅多年来写的诗作,在不久前才送给我,我还没来得及看完,没想到竟成了舅舅留下的遗物。短短几月,生死永别,睹物追念,哀思久久萦怀。

这些年,身忝公职之列,受于公薪,役于公务。虽职位不高,才具平平,但对工作勤勉用力,竭力而为,不敢存有丝毫的懈怠。人的生活在多数时候是被日子牵着往前走的。前不久,蓦然间心里一颤,好像是有某种感应,觉得有多年没去看望舅舅了。人生的意义不仅仅是工作,还有其他重要的东西。我决定无论如何,也要抽时间去看望他老人家。那日,他见我来看望他,非常高兴,兴高采烈地谈这说那,给我说得最多的是他写字、作诗、唱戏和旅游,生活得充实而愉悦,还把他创作并手书的诗稿给我,嘱咐我帮他把诗作的字句再推敲准确些。

舅舅的文化程度并不高,没读过几天书,他完全是靠有了工作以后勤奋自学的。他虽是一名县银行的职员,但精神生活丰富,情趣高雅,不慕世俗生活享受,孜孜不倦地追求文化知识。他练出一手好字,一般的文字材料也写得较好。退休以后,闲暇时间多了,他陶醉于锦绣山水,吟哦自然风光,感发世事情态,写下了一些仿古体诗词。像写欢度国庆:"逢国庆,处处尽欢声。

难忘先前多难事,且看今朝小康行,深感党恩情。"赞美家乡风光:"春光好,景色如画屏。硖石农亭山水秀,又见仙洞晓烟生,欣然醉中行。"感受农民生活:"种田只盼风雨调,愿望农家比富豪。锄月耕云山廊外,丰登岁稔乐陶陶。"描述老年情趣:"地冻天寒十月天,古稀垂钓碧池边。得来锦鲤二三尾,沽酒邀友乐晚年。"这些诗在格律、音韵上并不特别谨严、规范,遣词用字也不是很准确,但思想感情是真切诚挚的。

诗稿上的字笔法圆润,流畅雅致,神韵舒扬。舅舅的毛笔书法在这个小城是很有些名气的。少时家穷,靠他早早地干活养家糊口,没有办法进学校学习,也没有学习条件,他一有空闲就蹲在地上找根草棒写,晚上躺在床上用手指在肚皮上画,他的一手好字就是这样练出来的。他在早些时候写的是工整的隶书,那时县城里不少商店挂的门牌是找他写的,再后来就改写行书,才真正逐渐地追求起书法来。退休后,他经常被邀请去外地参加一些书画笔会,群贤聚集吟诗挥毫,留下不少墨迹,被好多本书画集收录。

我不由得想起我小时过年卖对联的往事。上高小、初中那几年,每到放寒假,舅舅就早早把我叫来,我也喜欢到舅舅家过假期、过年。我家在贫苦农村,没有城市里那样繁华热闹。舅舅叫我去还有一件事,就是过年前卖"门对子"。他平时工作很忙,就利用休息时间,买上几捆红纸,有了空就写上几副"门对子",到过年的时候拿出去卖,用卖"门对子"的钱贴补过年,也给我一些当作学费。我去得早些,就会看到舅舅晚上下班后,赶紧吃完饭,到搭起的台子上蘸笔书写。天寒地冻,滴水成冰,他写得久了,手冻得通红,就直起身歇歇,呵呵手,跺跺脚,甩甩膀子继续写。我站在旁边为他抻纸捺墨,这样,往往在过年之前,能够写好几纸箱对联。

那些年过春节时,各家各户贴的对联,都是用毛笔书写的,不像现在都是印刷成的,还多是商店在促销购物时随赠给顾客的。才腊月二十五,我们就在热闹人多的大街上,找块地方搭个台子,把舅舅写好的"门对子"拿出来,摊在台子上用干净石块压好,高声叫喊"快来买'门对子'"。不一会儿就聚拢一圈人,能够看出不少是学生,也有路过的工作人员。他们多是指指画画,评论一番。听到他们啧啧称赞这"门对子"意思好,字写得好,我也非常高兴,在心里对舅舅更加尊敬钦佩。我和表弟两个俊朗少年,满脸春风,红纸映面,很是吸引人,来买我们"门对子"的人很多,每年我们卖得都比别人家的多。到年三十那天,我们的摊子前会被挤得满满的,来选购的人络绎不绝。写好的都卖完了,要买"门对子"的人催着要,我们就催舅舅赶写。他裁纸书写,认认真真,丝毫不马虎,说:"过年是个欢乐的事,卖给人家的'门对子'要给人喜庆吉祥。"

但最开心的还是大年初一,我拉上表弟能跑遍县城的大街小巷,去看各家各户门上通红的对联,细数哪些家门上贴的是舅舅写的对联,心底便像被蜜浸泡一样,自豪感、自尊心得到最大的满足。那些年舅舅书写、我们卖出的对联,映红了这个县城街巷厚厚瑞雪,喜庆吉祥了多少温馨家庭。

冷寂冬日里,读着这些字迹娟秀灵动的诗稿,眼前总是出现舅舅清癯身影执笔挥毫的幻觉。我知道这个熟悉的身影渐渐向远处走去。远在天国的舅舅,您还在作诗挥毫吗?冥冥之中,我们还能谈诗论书吗?

听姥姥讲故事

熟睡中陡然醒来,抬头望见窗外清辉明亮。披衣出屋,月已在半天。月色如水,倾满乡村老家的小院,庭院物什清晰地融合在柔和的月光里。如此月夜已久违多年了,无边的温润氤氲间不觉泪湿面颊,此境下却想起了姥姥……

姥姥已离开我们很多年了,但她的音容清晰地刻在我的心上,这么多年都不曾模糊过,无须到梦境里才能见得到。从我记事起,姥姥就是面容慈善温和,身材有些瘦削,背有些驼。她穿着深蓝或灰白的斜襟褂子,裤子的裤脚紧缠着绑带,衣着干净整洁。花白头发梳得丝丝不乱,在脑后绾着个发髻,平插一枚白银簪子。她是小脚,走起路来脚跟"咚咚"着地,走得急时头有些上下点动,做起事情来利利索索。我的姥爷是旧社会县城里的郎中,去世得早,是姥姥踮着双小脚,艰辛地撑起这个家,把我母亲和两个舅舅拉扯长大。在我出世后不久,我的父母亲被无端地下放到农村去务农,干起粗重劳累的农活。我的母亲自小在城里长大,虽很小就跟着姥姥干起脏累杂事,但地里的农活从来没有干过。接着妹妹、弟弟相继出生,地里活重,孩子多,父母整日起早摸黑,艰辛劳作。父母顾得上田里的,便顾不了家里,队里的工必须要上,家里的孩子就无人看管。姥姥看到这情况,心疼母亲和几个孩子,就来到乡下,帮助母亲做做饭,洗洗衣服,照看孩子。那些年,姥姥整日挪动双小脚,从早到晚忙碌不停,伺候我们吃喝拉撒,教导我们要听话,不要淘气,不要再给父母添累。姥姥加倍地疼爱、悉心呵护,让我们尽量地少遭受苦难。姥姥温暖亲切、和颜悦色,即使我们有时调皮做错了事,也从不疾言厉声打骂,总是轻声细语地开导。有时姥姥累了坐着,脱下尖尖的鞋,露出缠压在脚底的脚趾,我们几个孩子会抚摸嬉闹,和姥姥开玩笑。我们那时多么不懂事,长大后才知道姥姥的脚,承受了多么大的痛苦啊!

我小时的农村,不仅贫穷困苦,而且没有什么娱乐消遣。没有电,更没有广播电视,到了晚上冷冷清清。在寂寥无趣的时候,姥姥会给我们讲故事,那是我们几个小孩最快乐的时光。姥姥不识字,可她记住了很多故事。我们常常围拢在姥姥身边缠着她讲,她就娓娓道来,声调舒缓,讲得生动有趣,我们听得入迷,随着故事的情节变化情绪起伏,时而拍掌哄笑,时而惊悚失色。夏天的晚上,我们和姥姥在屋外乘凉,围坐铺在地上的芦苇席上,姥姥一边摇扇驱蚊,一边讲故事。最惬意的是在融融的月色里,姥姥给我们讲一些故事,记得有《安安送米》《卧冰求鲤》《割肝救母》《芦花棉袄》,还有狼装扮成外婆吃小孩的故事等。记得最清楚的是,月光下四周静悄悄的,只有夏虫咝咝轻鸣,姥姥讲一条老狼扮成外婆,喊着小外孙们的名字:门闩、门锁、门榫条儿,是姥姥来啦。然后骗着敲开门,哄着几个小孩一起睡觉。夜里老狼吃掉最小的弟弟,被大哥门闩听到声音,便问姥姥:吃的什么?老狼说:是姥姥咳嗽,你舅舅给我买的冰糖。门闩说:姥姥给我一块吧。老狼递一块给他,他放到嘴里咬到了一个小手指甲,吓得浑身发抖……我们每听到这里,惊吓得大气都不敢出,用手蒙上眼睛,哪里也不敢看。姥姥的故事反反复复讲了无数遍,我们对故事的每个细节都很清楚,听到哪里就会知道下面的内容,但我们还是喜欢听,缠着姥姥讲,对这些故事怎么听都听不厌。

姥姥讲的这些故事,在我长大读书后大都找到了出处,多是出自古代的"二十四孝"故事。只是在口口相传中,不断加进了一些讲故事人自己的语言,有些内容不太一样,但主要情节还是相同的。可在姥姥讲的故事中,有一则故事我没有查到出处,就是关于一条红鱼的故事:从前有一个进京赶考的公子,有天走乏了,投到村庄大户人家歇歇脚,住宿一晚。公子拿着本书踱到后院门口,迎面遇到一个貌美姑娘,上身穿件桃红色褂子,头上梳一独辫子,挎个竹篮去洗衣服。她拿眼睛瞟了下公子,对他说,往外走下去几步,有条清清的小溪,景色很幽静,可到那里去读书。公子随洗衣姑娘来到溪边,见一水潭绿水盈盈,忽见一条红鱼摇尾游动,非常漂亮,便蹲下身子来细看红鱼,红鱼就游到溪边公子身前,跃起叼住公子的衣袖,把公子一下拖进潭里,他大声呼救,喊姑娘帮忙,姑娘早就不见踪影。待书童寻找过来,只在水潭边找到被丢弃的书卷。

我到12岁时,已上小学五年级,父亲被选派去当护堤员,住在离家七八里的淮河大堤下。我要在星期天、节假日,独自走路去给父亲送些油、盐、酱、醋等生活用品。在村庄和淮河大堤之间,是平坦宽阔的河湾地,四季长着庄稼。在河湾地靠中间的地方,有条十来米宽的大沟,沟岸与两边的庄稼地相平,沟水清澈平静,涨水时有大半人深。近岸处长些水草,沟里有不少鱼虾。一座用数块平整长条石板搭在几个石墩上铺成的简易桥梁连通两边土路。这桥边,也是下地干活的人来往经过时,洗洗头脸,坐下来歇歇喘口气的地方。有天午后,我给父亲送些东西,从淮河大堤返回村庄,走到这座石板桥,站在桥上看成群成团的小鳘鲦在水中欢快游动。附近地里也没有人干活,四周静悄悄的。忽地,我听见不远处有"扑棱棱、扑棱棱"的阵阵扑水声,就朝前走几步,想看看是什么东西发出的响声。只见在一片浅水里,有两条红尾巴的鱼在追逐游动,沟水被搅动得激起水花,发出较大声响。原来这里是一块凹进去,稍微低于庄稼地的平地,平时长有青草和零星芦苇,大沟里水满时就溢到这里,地旱些大沟里的水就低于这里。可能是前几天刚下了雨,大沟里的水就溢流到这里,水比较浅,只有到脚踝这么深。这两条鱼在这里狂追乱窜,有时几乎搁浅游动不了,可稍停会儿又很快游动起来。因为水不深,所以被搅得"哗啦哗啦"直响。我看清楚了,是两条鲤鱼,有尺把长。我异常兴奋,急忙脱下鞋子,跳进浅水里去追逮。眼看追上了,扑下手去,可鲤鱼又快速地窜走了。我追了几圈,两条鱼兜兜转转,就是捉不到。我急了,也就在此时脑中突然闪现姥姥讲过的红鱼,浑身猛地一个激灵,一阵惊骇,慌忙从水里跑出。我寻到鞋子就要离开时,望见那两条鲤鱼也相互追逐着到大沟的深水里去了。

回到庄里,我把两条红鲤鱼兜转追窜的事说给别人听,有人知道,说这是鱼正在摇子,也就是鱼在发情求偶,要到温暖浅水处去。这时它们使劲在浅水区追逐,逮捉比较容易,有人说可惜没有逮到。回到家里,说给母亲、姥姥听,她们惊吓不已,责骂我不该去捉鱼,要是跟着滑进大沟里,不就被淹死了,还能回家来吗?

以后很多年,我每每想起遇到两条红鲤鱼追逐游动的事,就回忆起姥姥在月光下给我讲的红鱼故事。姥姥讲的这个故事,我一直没有查找到出处,这会不会是姥姥有意自编的呢?

今夜无眠,月光下我又想起了这些。

听懂脚步的女儿

我有个能听懂我脚步的女儿。每当暮色苍茫,我踏着疲惫的步子回家,离家还有十几米远,女儿就能准确分辨出我的脚步声,要知道我们住的是拥挤嘈杂的筒子楼。她便迅捷地拉开屋门,小鸟般地飞出来,夺过我的公文包。只要我因事或应酬不能按时回家,她就会不时地凝神屏气谛听楼外响起的每串脚步声,抛下一个个失望的叹息。因此我没少挨妻子的埋怨。

有个听懂自己脚步声的女儿,我是多么欣慰。这使我不由得想起我极力想分辨出她声音的那个雪天的早晨。

几年前初冬的那个晚上,我焦急地等待在产房的门口,盼着我的"作品"问世,像所有待在产房门前的男人一样,被每一次开门搅得焦灼不安。

迎接延续自己生命的安琪儿出世,这种快乐是不用说的了。而最令男人们揪心失色的,是来自产房深处一声声的呻吟,无论女人是怎样的花容月貌,出了产房都凋零成了"残枝败叶"。正是在这样苦痛的碾磨下,护士把我的女儿抱出门来,只让我匆匆看了一眼,就抱进婴儿室去了。我非常惊诧,那双小眼睛圆睁着,却为何没发出一点声响,向这位刚上任的父亲表示一下"初次相见,多多关照"或者"后天再见"呢?

夜里回来,躺在床上,总是睡不着,眼前总是闪着那双可爱的黑眼睛。天还没亮,我就踏着厚厚的白雪,奔向医院。

　　我的面前隔着一道栅栏就是育婴室,我的女儿就躺在那里,育婴室里静静的,和这纯美的雪晨的氛围很契合。雪白的布帘把窗户遮得严严实实,我踮起脚尖,伸长脖子,想看清楚些什么。大概是我这个不速之客,惊扰了这些安琪儿的美梦,突然响起一声清亮的哭声,就像晨雾中的鸟鸣,非常温馨宜人。哭了两声后,刚才还是静无声息的育婴室,便又有几声应和起来。不久,这哭声又引起一场童声大合唱,音调各异,此起彼伏,所有的孩子好像都不甘寂静于这优美的雪晨,齐声礼赞生命的颂歌,那真是一片无法抵御的圣乐呀。我被真切地感动了,支起耳朵聆听,仔细地辨识猜测,这一片悠扬的哭声中,哪个是来自我女儿娇嫩的哭声呢?也许刚才的第一声哭鸣,是我女儿的吧,她是以这种特殊的方式给爸爸一个提醒。我围绕屋子转了一圈,仍然无法从这生命的大合唱中,遥测到那血脉相承的频率,只有初冬的霞光,映在纯白的雪上,映在雪白的窗帘上。

　　两天后,我去接她,一头黑黑的茸茸的毛发,一张粉红的小脸,一双明亮的眼睛,静静的,一声不吭。害得我在雪天的早晨分辨多时的哭声里,到底有没有你调皮的哭声呢?

　　分辨不出育婴室里哭声的爸爸,被长大的女儿听懂了脚步。

　　有个能听懂自己脚步的女儿,还不幸福吗?

送女读研港岛行

香港,是胜景之域,是梦幻之境。它不负盛名的丰姿,不虚为镶嵌在世界东方最璀璨的明珠,是山海岛色与人类华美构筑最完美的呈现。欲游览香港一睹港岛的风韵,是心中多年的憧憬和向往,这一已久的愿望,今被女儿赴港读研得以实现,我在兴奋之中又融进了满满的喜悦。

女儿从中国传媒大学毕业,考入香港浸会大学传理学院,攻读新闻专业研究生。香港浸会大学传理学院,与美国哥伦比亚新闻学院齐名,位列全球十大新闻学府,久负盛名,享誉世界。她能够来到富饶美丽、流光溢彩的香港读研,在这样教学先进的学校学习,我们感到非常高兴和欣慰。香港是繁华的国际都市,又是特区,进出需边检,人生地不熟,于是我陪同女儿来香港报到入学。

香港浸会大学坐落在九龙区的笔架山上。学校没有围墙院落,校园开放,校区紧凑,几座整洁素朴的大楼,错落分布在绿树浓荫的山坡上,往上相邻的就是香港电台。两条清爽的道路通过,却并不嘈杂,反而显得安谧。校舍占地不多,但各种设施先进齐全,学习生活非常方便。虽说学生住宿很紧张,可自修室、休息室很宽敞舒适,管理非常人性化,服务周到便捷。

晴日朗照,荆花相迎,我陪女儿走在校区内,让她尽快熟悉充满魅力而又陌生的环境。与内地不同的全新的教育理念、全新的教学模式、全新的都市环境，对她都是全新的挑战，是否已经准备好，我感到些许忐忑不安、心神未宁。我侧目观察她，见她微微昂着头，不停地往前走，纯净的阳光透过笔架山上的树木洒在她的身上，长长的秀发随风飘逸，素雅的裙衫娴静地闪过路边的花树。

接下来，我带着女儿一起登上太平山顶，俯瞰蔚蓝海湾，华楼美厦鳞次栉比，谐和臻美地矗立在山海之间。踱过熠熠生辉的星光大道，端坐在天星码头，远眺璀璨耀眼的灯光，点亮山海港岛天堂般梦幻迷人。在饱览香港国际都市繁华丰饶景色时，感受到生动浓郁的现代气息。我发现身边女儿的目光，紧盯着海湾里逐浪翩飞的鸥群，追随到水天相接的远方，又久久凝视着绚丽多姿的维多利亚港湾，任凭五彩斑斓的波光染亮双眸。她安静地伫立着，我知道她看上去有些娇弱的身上，其实有着坚定的执拗和毅力。此时，女儿从小到大的形象浮现在眼前。

可以说，女儿小时候就非常听话，乖巧文静，性格温顺，读小学时学习自觉认真，成绩比较稳定，我们也不用操心。可是到了四五年级后，学习成绩开始下降，究其原因，是不知何时突然迷上了漫画书。我们发现之后，和她进行谈话，告诉她在完成学校功课之余，可以稍微看看，千万不能影响正常的学习。可是后来在她的书包里、抽屉中，不断地发现藏着的少儿漫画书，我们对她进行了严厉的批评管教，又两次没收了漫画书。但根本没起作用，她还在偷偷地看，非常沉迷。我们在她的枕套里、床垫下，源源不断"收缴"到这类书籍。为此，我们不给她一分零花钱,还与附近租书店老板吵了一架,但这些漫画书还是不断被找到,虽然我们每天都在"围剿"。我们为此伤透脑筋,大动肝火,在我们不依不饶的打击下,总算击退了她的漫画书瘾,学习成绩才算得以回升。

　　进入初中,她开始喜欢阅读文化、文学,尤其是历史方面的闲书,朋友送的一本《上下五千年》,她经常捧着看。她开始有些偏科了,比较喜欢文科,对数理化不感兴趣,考试成绩数理化也没有文史课考得好。虽然文理上还没有出现特别大的差距,但数理课成绩已经拖后腿了。这种情况延续到高中阶段,就迅速地见分晓,数理成绩呈断崖式下滑,已经严重影响到总成绩。我们开始着急张罗着找人补课、上补习班,成绩下滑是止住了,但考试成绩一直提升不起来。到高考前的一个学期,她也意识到了问题的严重性,如果数理化成绩这样下去,可能高考就无望了。这之后,在下午课后,她赶紧去补课,无论刮风下雨,都顾不上吃饭,骑着自行车去老师家补习,直到晚上九点多钟我去接她,还饿着肚子。在严寒的冬天,我看着她瘦削单薄的身影,从飘着雨雪的夜色里走来。由于数理化成绩上的短板,在高考零模考试时数理化成绩很不好。虽然能够勉强达线,但要想上好点的本科院校不行。我们心里很难过,情绪极其低落,对她的打击也非常大,她待在屋里连着两天都没吃饭。接下来,她冒着近40摄氏度的高温,咬紧牙关,起早睡晚,加倍努力,默默地恶补了近一个月,终于在高考中取得了优异的成绩,分数超出当年复旦大学在本省的录取线。因为已事先通过了中国传媒大学的艺术加试,她被中国传媒大学首批录取。我们高兴地把她送到北京,看着她神采飞扬地走进传媒大学的校园,成为这片白杨林中一棵年轻的白杨。

我将悠长的思绪收回,定格在眼前女儿清晰的脸庞上。我伫立在港湾,她清秀的身影笼罩在暖黄的光晕里,与港岛的景貌融合在一起。我相信她这棵亭亭的白杨,也将会成为一株散发着清香的紫荆。

"老鱼"的由来

近两年,在八九月份炎热的日子里,我们夫妇能够抽出时间,到京照看小外孙女。外孙女雪尔2岁多了,俊俏的小脸,皮肤白皙,一双大而亮的眼睛,灵巧神气,是个长得非常漂亮的小女孩。她欢乐活泼,嬉乐闹腾,我们的眼睛一刻也不敢离开她。她开始会耍些"小花招"故意逗你开心,如我们要带她出门去玩,或者是她走路累了,她就会张开小胳膊,喊叫:"快抱抱我!"但抱起她后问她:"抱的是谁?"她会有些羞怯地说:"抱的是豆豆啊!"她不说自己的名字是雪尔。尽管照看一天下来有些累,可心里是满满的喜悦。

女儿怕我们累着,轮到调休时,要在京郊找个清静舒适的地方,带我们与外孙女一边游玩一边休息一下。于是,就选好去怀柔的雁栖湖玩玩,就住在湖岛上国际会议中心旁的雁栖湖酒店。雁栖湖背依燕山翠峦,东临司马台长城,湖面宽阔明净,湖畔花木浓荫。湖光山色相映,环境幽雅怡人。和煦的晴日,领着宝贝外孙女,倘徉游乐在绿树拥翠、芳草茵茵的林荫道上,呼吸着清新的空气,谛听着清脆的鸟鸣,望着可爱的雪尔欢心玩耍,置身于风光秀美的环境,幸福的天伦之乐更加舒畅地流淌。

雁栖湖酒店典雅时尚、新颖别致,别墅庭院式建筑,掩藏在湖边的花树丛中。我们预订的是三号楼客房。进到房间,雪尔一见宽大的床、洁白松软的被毯、大大的浴缸,兴奋地甩掉鞋子,爬到床上,又是跳又是滚,举个小手指,煞是认真地突然冒出一句:"我最喜欢住酒店了。"对客房里的东西摸摸这个,动动那个,拿起电话,胡乱对着键戳几下,对着耳机"喂喂"给她爸爸打电话。又拿起床头柜上夹着便签的小板问:"这是干什么的?"告诉她说是给酒店提意见用的。她待了一会,用铅笔在板上画了几下:"我给酒店提个意见,这床太高啦,小孩子上不来。"我们不禁哑然而笑。

离雁栖湖很近,有一座闻名千年、享誉古今的古刹——红螺寺,是京郊乃至北方的一处绝妙胜境。始建于东晋佛教初兴的寺院,过去是明英宗、清康熙垂青的皇家佛苑,现在成为广大群众随意游览的地方。红螺寺静卧于崇峻高山的怀抱,掩藏在深浩苍翠的古松林中,依山面湖,山环水照,古树参天,层林碧透,得天独厚的地理环境,使这方圣地冬暖夏凉,清爽湿润,万物丰茂,这里生长着一些在北方难以存活的植物,成为难得一遇的天然妙境。除了古朴庄严、气势雄伟的佛国殿宇,还有"青翠御竹、雌雄银杏、紫藤寄松"三绝奇观。我手拉外孙女,穿过御竹园,绕过高大的银杏树,看过紫藤寄松的迷人景致,来到红螺泉景点,见一泓清澈的泉水从古雅的庭楼下,经岩石隙穴流出,旁边是花木披挂的红螺洞。泉水汩汩流向低洼处,汇成一片幽静的池塘。水面上曲桥勾连,对面两峰犹红色巨螺,内可容人,踏着出水石墩可以进出。我抱着雪尔在此拍照,她很是配合,小脸笑成映水桃花。在清澈的水中,游动着五彩斑斓的锦鲤,成群结团,上下三层,灵活游弋。池边不断有人投食喂之,每当有食物落入水中,就引起鱼群一阵骚动哄抢,激起水花四溅。外孙女见鱼群争食场景很兴奋,当时没有带吃的,只好眼巴巴地看着别人投食喂鱼。我从地上捡了点食物碎屑给她喂鱼,食物太小引不起鱼群争抢纷纷。她有些恹恹扫兴的样子,我只好从其他小朋友手上,哄要到小半片面包,分成几块,让她再给鱼喂食,立即引得鱼纷纷游来,大鱼小鱼交缠一起,上下翻动,热闹好玩,她高兴得手舞足蹈。

在返回城里的路上,她不时地模仿鱼群争食的情态,不停比画鱼群纷抢的样子。还拿出香蕉、饼干,一半咬在自己嘴上,一边让我去咬另一半,兴高采烈地说是大鱼小鱼争吃。后来的那些天,在喂她吃饭时,有时哄喂不下去,我就把饭菜放在她嘴边,然后凑过去,模仿鱼群与她争食,哄得她很快吃下去。

我们返回合肥后很想念雪尔,几乎每天都要与她视频。她见到我,不再喊姥爷了,突然喊起"老鱼"来。有时视频时没看见我,就问:"老鱼呢?"之后,我视频时喊她雪尔,她不理睬,我就喊"小鱼小鱼游过来",她则有些调皮地跑过来,对着我笑。

就这样,我就有了"老鱼"的荣誉称呼了。

静默的眼睛

上中学时,我的语文老师是个挺温和且极严厉的人,学生对他都很尊敬。

他语文课讲得丰富生动,很吸引人,深受同学们的喜爱。在那特殊的年代,在那广阔天地的"大课堂"里,到田里砸土坷垃竟成了课程内容时,我对一切书本都失去了兴趣,唯有他上的语文课,能把我带进一个美妙的世界。后来我对文学的向往和爱好,也许来源于此。

他平素待人温和,但上课时却庄重威严,若哪个不安心听课的学生被他发现,他既不发怒,也不责备,而是把课停下来,沉默,长时间地沉默,以至于犯过错者,自己渴望能尽早受到哪怕是最严厉的训斥,只要快一点结束这令人愧疚的沉默。

受蒙于他的教诲和指点,我的作文得以不断长进。出于对老师一番心血的谢意,母亲多次嘱我捎点东西带给老师。家境贫穷,又有什么可以送呢?连自家种的一点新鲜蔬菜,都当成"资本主义的尾巴"被割了。没出息的是我,最至爱的亲朋来家,都羞于开口喊上一声,让我捎东西送人,简直等于让我上刑场。无奈母亲多次催促,我便鼓起勇气,用一个破塑料提包,提上一点新刨出的红薯,硬着头皮拎到老师家门前,远远地躲在一棵大树的后面,趁老师出门做事之隙,便一头钻进屋里丢下包就跑。放学后,我去老师家取包,吞吞吐吐说明原委。他默默地注视着我,我一直低着头,只感到脸上一阵阵燥热。他递过提包,放在我手里,扶着我的肩头说:"记住,我不喜欢我的学生这样。"我不知是怎样离开他家的。回到家后,我无意中发现提包里放着一捧水果糖。

时光似水,我很快初中毕业了。升高中时,正是教育回归的短暂时期,不再是凭着"白卷"论英雄,采取的是升学考试和群众推荐。我的考试成绩虽然较好,但差点辍学上不了高中。而那些在校胡作非为的"小衙内",却能依仗着庇荫早早得以入选。我的老师和学校领导对此异常气愤,毅然坚持收我进高中学习,拒不接受其中的一个干部的"小衙内"。这可触怒了他那个有权势的父亲。他们先是带上一网袋好酒好烟,遭到严厉拒绝后,于是恼羞成怒,半夜去砸老师家的门。

我走上工作岗位已多年了。在工作和生活中,求人办事,总免不了请人吃顿饭。为朋友办些事情,朋友也会捎点东西送我。对此,虽不能说是习以为常,泰然处之,但也听惯看惯,漠然处之,远没有疾恶如仇的感受了,少年的那种羞怯也荡然无存了。

但能够忘记吗,那双静默的眼睛?!

人生境况皆欣然

趁着疗养休息的间隙，郑将军让我陪同他一起去登齐云山，才有缘初识这闻名已久的道家名山，一睹道山的青峦秀色。并非"不识庐山真面目，只缘身在此山中"，而是身处齐云山，方知伫立在皖南明净风光里的道山，景则更殊，境则更幽，韵味则更浓了。

山色蔚然，水光如绸。将军和我从清澈的横江边，登上齐云山巅，远近景色尽收眼底。俯瞰田园画图，指点奇峰妙峦，将军也激动兴奋，兴致勃勃，喜形于色。钟灵毓秀的大自然风光，是不分尊卑高低，以一样的山色美景陶醉戎马将士。我们也一变营中的整饬肃容，一起忘情倾倒在名山之怀，物我相融，则天人合一了。

沿着石阶高低上下，将军薄衣轻拂，健步生风，毫无疲惫之态。行至奇崛丹崖，见石壁上镌刻名人题字留诗，挤满偌长的一道廊窟，文字隽秀，韵致飞扬。过山门，转一弯，绿树葳蕤，流泉滴翠。到月华小村，屋舍依山势错落，挂在深幽的悬崖绝壑上，薄岚轻霭里，恍如人间仙境。再往前，几座峰峦围抱处，看一道观宫殿正在修复。门前幽谷邈远，从谷底矗起一娟秀山峰，形如香炉，真乃妙趣天成。穿过清爽村街，石阶顺陡岩升高，再登爬趋前，现出一方平台上房舍棋布，幽径蜿蜒。突然，身前崖横路绝,白云深深。待回转身来,见是一栋白壁青瓦的徽派构筑,临崖而建,门楣上方横书石刻"楼上楼",有轻缓悦耳的琴声自屋中飘出。望去是一处普通民宅,并且房门敞着,我们一时兴起,便想入内看看。

我们拍门轻声呼唤,一位老者面容清癯,闻声迎将出来,知晓来意,热情招呼接进屋内,便搬椅让座,旋即进内屋唤出房主。房主也是一位精干儒雅的老者,一看便知他们不是齐云山人。主人客气地沏上绿茶,端上来清香扑鼻,慢条斯理地与我们交谈起来。交谈中得知房主是龙宁俊先生,另一位是他的好朋友徐先生。龙先生是从事化工技术的高级知识分子,先后在昆明、仪征等地的大型国有化工企业工作,业绩显著,在业界享有很高的声誉。得知我们从合肥来,他告诉我们说著名诗人公刘与他同窗。龙先生虽从事化工生产技术,但一生喜爱文学艺术,沉迷于山水风光,游览不少名山大川,写下不少典雅诗词。退休之后在友人的帮助下,征求齐云山管委会的同意,他拿出自己多年的辛劳积蓄,与要好朋友一起,在这里建起这一明两暗、上下两层的小楼,每年夏季来此避暑,住上较长一段时间。在齐云山清幽的峰峦间,悬崖秀壑之上,沐浴清风明月,望眼白云浮岚,抚琴吟诗作画,依琴结伴,以文会友,广交文学艺术界朋友。徐先生就是在龙先生的邀请下,来此办起古琴培训班,每年都有几十位友人在此学操古琴。郑将军问过先生们的起居食行后,对他们这种宁静淡泊、陶冶情操的生活很是钦佩,赞不绝口,又转过来对我说:"倘若中国的知识分子都能有这样的条件,像他们潇洒娴静地生活,那知识分子的地位、待遇才算是真正提高了,这也是我们还在工作的人须努力创造的啊。"两位老先生领首微笑,谦逊地说:"知识分子退下来后,不求待遇优越,只想有个清静和谐的环境,可以继续读书、研究,就心足意舒了。"

在此名山简楼,将军和先生不期相遇,初次相识,把盏品茗,叙谈甚欢。我见先生温文儒雅,清瘦硬朗,似有仙风道骨;而将军则气宇轩昂,体魄健壮,确属从戎之将。先生话语文雅脱俗,将军见解坦荡入世。不承想,我竟在此看到一幕个性鲜明的人生图画,领悟到一番生命哲理。

不觉中已欢谈多时,绯红的晚霞染遍深壑的树梢,万籁俱寂,一片温暖祥和。龙先生站起来,领我们走进内室,让我们看看他的工作室。满屋的墙上挂着多人创作的书画,宽大的案头堆着书籍、文稿。龙先生抽出两本《沧海龙吟集》诗词送给我们,这是他一生爱恋山林烟霞、寄情抒怀的见证。

要和两位先生告别,龙先生取出一本宣纸册页,让我们签名留念。徐先生已唤来小孙女,为我们轻揉一首古琴曲,琴声如幽涧鸣泉淙淙,古朴清远。走出门来,我们与龙、徐两位先生在"楼外楼"前,傍崖凭栏合照,远望奇峰秀木,留影于烟霞映照里。

一路归来,古琴、松涛仍在身边袅袅萦绕,我一直在寻思,遁入此齐云道山,原不是要得到什么至深的"道",或许此行已意识到:真正的大"道"就在这真实的明净山水之中吧!

梦萦千回因为您

四十年前,在高原古城西宁的西郊,坐落着青海师范学院。一条不宽的柏油路和9路公交车,将它连向喧闹的市区。校园的规模不大,可整饬紧凑,简朴素净,被一道不高的砖墙环绕着。校园的附近都是农田,生长着农民种植的作物。校园东南侧不远,有着呈丘台状的高大土堆,夏季杂草萋萋,是遥远南凉古国的虎台遗址;校园向西邻近一条深深的沟涧,黄土坡壑陡峭,经一座小桥往远,是干打垒土墙严实包裹下的村庄;学院的后面濒临古老的湟水河谷,清澈冷冽的河水不息地哗哗流淌,空旷静寂里多了些生气和灵动。

那年9月,我怀揣着全国高考录取通知书,沐浴着青藏高原明灿的阳光,从青海乌兰连绵沙海中的军营,满身漠原尘沙地扑向这里,急切地跨进学院的大门,已在内心认定它将是我人生中圣洁的殿堂。彼时,感觉到被荒漠沙原枯竭的身心,瞬间被满园的清馨浸润。

别离年久,梦萦常回,虽已时隔四十余载,但学院往时的一切景明物象,回想起来便清晰地浮现在眼前,如同昨日般熟悉和亲切。初进青师院,是刚刚恢复全国高考的第三年,学院也刚从"文化大革命"浩劫的噩梦中苏醒,从高原死寂的沙碛中焕发新颜。今天看来,那时校园的确不大,没有林荫繁花,没有亭池幽径，缺乏优美静谧的校园景致。楼舍简约质朴，唯有教学大楼还有些像样。还没有专门的图书馆、礼堂及运动场，图书馆就挤在教学大楼东段的底层。后来不久，才在教学大楼北侧的荒地新建图书馆，筑起足球场。可就这座校容平常简朴的学院，却是当时青海学科门类最全、培养学生层次最高的综合性大学，不仅为青海乃至西北多省培养出师资力量，而且也培育出社会科学和文学艺术领域的优秀人才。这并不深阔优美的校园，没有折损我们翱飞蓝天的羽翅，没有妨碍我们尽情欢乐。是它染绿我青葱稚嫩的年华，积蓄毅然前行的潜能，鼓起人生理想的风帆，镀亮美好芳华的梦境。与它朝夕相处、日夜相拥的日子，有辽阔高原暖阳灿照、皎月明辉相融、纯澈湟水鸣唱……

那是一段当代罕见的发愤读书时期，是一段永难忘怀的奋发拼搏日子。和这个国家民族经历过凛冽寒冬、痛苦磨难，迎来明媚新春、舒展才华的一群人，好不容易走进学府，贪婪地吮吸新时代洒下的甘霖，酷似春蚕噬桑，如饥似渴地勤奋学习，恨不得废寝忘食，焚膏继晷。记得那时校园外的菜地田埂、校园内的楼角墙边，时时响起琅琅的读书声，徘徊着低头思索的身影。夜晚的教学大楼灯光明亮，待到熄灯之后，仍有同学燃起自备的蜡烛，在烛光里修习到很晚。后来新建了图书馆，同学们疯狂地抢占阅览室座位，甚而为之动起拳脚。现在回想起那激情燃烧的学习场景，还心潮涌动，感奋不已。

忆念深深，最眷念难忘的是尊敬的师长。恢复全国统一高考招生不久，伤痕累累的院校，百废待兴。学科建设和正规教学，最缺乏的是师资力量。遭受数次政治运动和极"左"路线的摧残,青师院原有的教师队伍损失惨重,学识俱佳的教师备受凌辱,被下放到青海地区更荒僻的地方。和我们"新三届"大学生一起陆续进校的老师,多是平反返校或紧急选调的优秀人才。青海历来是蒙冤含屈被贬谪杰出人才的流放地,不乏全国著名高校才华横溢的佼佼者。此时,"其貌不扬"的青师院,会聚了一批学养精深的老师。

给我们上现代文学课的是陈丙莹老师,身材瘦削文弱,面容清癯温和,是比较典型的江南文人形象。他说话声调不高,谦逊恭谨,和蔼近人。他站在讲台上神态平静,不动声色,对现代作家作品、文学流派熟稔于心,娓娓道来,不徐不疾,犹如潺潺的山溪哗哗流淌,绵绵不绝;或如充盈丰沛的长河,波澜不惊,深水静流。陈老师的讲课风格朴实无华,虽然听起来不会感到轻松舒悦,非常吸引人,但讲授的内容充分翔实,知识量大,史料丰富。他往往会在课后罗列较多的参考书目,布置较多的作业。他是现代作家研究的名家,我毕业后陆续拜读了陈先生的大作《戴望舒评传》《卞之琳评传》,其论述严实畅达,评析缜密细微,如同聆听先生在课堂上春风习习的传授。

几乎和我们踩着同一步点进校,来自荒寂戈壁大柴旦的毛微昭老师,是毕业于复旦大学的优秀调干生,却因无辜戴上"历史问题"的沉重帽子,被冷酷地贬谪到苍凉的戈壁深处。初见在浙江安吉青翠竹林间成长的他,能够明显感觉到荒原风沙无情磨砺的痕迹。他神情质朴,目光深沉,说话嗓音涩滞沙哑,教授我们"文学基本原理"课。入学前,我们接触的优秀文学作品不多,加之文学理论课又是最先开设的课程,听起来有些隔膜,总觉得枯燥玄虚。他备课非常认真,广泛引证中外文学实例,经常用报纸夹着一沓散页讲稿,耐心讲解,力求深入浅出,经常讲得声音嘶哑无力。后来得悉,他是因干旱的沙漠环境患上喉疾,说话一多就疼痛难忍,上课说话多就经常吃不下饭,可一走上讲台,他仍然是孜孜不倦地授课。2002年夏,我因公务到位于西湖之畔的浙江传媒学院,再见到毛微昭老师时,他已在广播电视传播学教学研究上成果斐然,绿树浓荫,桃李满园。

同样,从冰雪寒凝的祁连山走来的范亦豪老师,是北京师范大学的高才生,因思想敏锐,秉理直言,被打成极右分子,驱逐到青海门源的祁连山上放牧牦牛,蜷缩在不能遮风挡雪的地窝里,整日面对空寂无人的大山,饱受孤寂凄凉的痛苦折磨。劫难过后回到大学校园,他仍然是丰姿帅气,形象出众,越发显得风采凛然,气质轩昂。走在校园里,他特别注意仪容仪态,衣饰洁净端庄。他说一口纯正的普通话,嗓音沉厚,疾缓有致。据说他在上中学时就加入了话剧团,有着很好的话剧表演功底。他讲授现代文学课备受同学们喜爱。分析作品、朗读诗文,语言声情并茂,生动传神,能够极大地调动同学们的情绪,让学生们很快沉浸到文学作品的情节、意境中去。尤其是讲解老舍先生的《骆驼祥子》《月牙儿》《茶馆》,更是京腔京韵,洋洋盈耳,使我们不仅领略到老舍文学作品的艺术特色,而且享受到语言表达的魅力。记得下午上课时,同学们时常会无精打采,听课效果不太好,但只要是范老师讲课,大家马上就有了精神,像是在欣赏一场精彩的话剧,被深深地吸引和打动。我们也从中体悟出,努力锤炼生动美感、清晰流畅的话语表达,在今后社会工作实践中的重要性。

令我最难以忘记的是栗凰老师。她当年岁数并不大，个头不高，衣着朴素，头发在脑后绾个髻，倒显得有些老气，看上去是个和善沉静、性格淳淑的老师。她上《中国文学史》上古至秦汉部分，讲授的方法比较简明扼要，辞简理博，说话带有较浓的方言口音。先秦的古文本来就很生涩，有时话又没听清，同学们对她的讲课很不适应，从而影响到对讲课内容的理解和领会。同学们正求知心炽，于是对栗老师的讲课有些微词，先只是在课下互相议论，没料想在上到五六次课时，竟出现在课前多数同学出离教室的"罢课"情况。其他老师了解栗老师的学术及教学水平，非常惊讶怎么会出现这种情况。系领导更是为此惊诧不解，对同学的"罢课"态度极为严肃，欲要严厉查处追究。事后，栗老师虽有些情绪低落，但面对出现如此难堪的窘况，并未嗔怪抱怨，而是谦逊地自责。她找同学进行深入地沟通交流，重新撰写讲义，改进教学方式，细致分析讲解。后来，她的授课逐渐地获得同学们的肯定，赢得了由衷的赞誉和敬佩，并与同学们建立起真挚的师生感情。

还有两位给我们授课不多，但印象深刻的伉俪老师是倪复贤和王宁先生。倪老师当时已担任学院领导，但在他身上没有星点为政的样子，也不显丝毫为官的严肃自持，言行举止间，更多的是像一位和蔼慈祥的长者，一位温文尔雅的学者。无论是在课堂上，还是在校园里，遇见他时，都能感觉亲切温和，如沐春风，如浴暖阳，让人易于也愿意接近。他讲授"明清小说创作艺术"，讲解四大文学名著，分析透彻，条理清晰。或许是为了更明晰地表达讲述内容,或许是为了方便学生听课记笔记,他总习惯边讲课边侧身在黑板上快速板书,往往一堂课不停地写,不停地擦,两块推拉黑板要反复写擦多次,以至于端庄整洁的衣服,浑身上下落满雪白的粉笔粉尘。王宁老师给我们开"训诂学"专题课时,已临近毕业,那时她在北京读中国传统语言大师陆宗达先生的研究生并做助手,从北京师范大学专程回来授课。她的名字,在我们入学青海师院后,就已在高年级同学中较广相传,富有传奇式的美誉色彩,但一直未见过面,都在期望着能够聆听到她的授课。当我们期待已久的王宁老师终于出现在讲台上时,她确实是风度娴雅,气宇轩昂,身上散发着雍容自若的女性学者风范,才学过人又不失卓越风姿。"训诂学"不是我们必修的专业课程,只是作为专题开设讲座,以增加对古代语言文字知识的了解。当时就感觉它是一门艰深晦涩的学问,非常生冷难学,令人望而却步。可深奥的古籍字词释义,王宁老师却能讲解得意象鲜活,妙趣横生,表现出汉字蕴藏的意丰隽美。再引入唐诗宋词的意境中阐释,彰显中国传统文化的博大精深和汉语言文字的伟大智慧。训诂专题学习只有短短几个课时,浅尝辄止,以后也没有再去接触过,可王宁老师的精彩讲课深深烙在记忆里。现在王宁老师已是蜚声中外的著名学者,是中国传统语言文字研究传承大家,在中国传统文化现代化转型,在中国传统"绝学"与人民结合的科学化、创新性发展上,做出了突出贡献。

冰雪昆仑,有美玉深藏。偏于高原古城一隅的青师院,一时俊才集聚。青海高原以宽博的胸怀,拥抱一批批蒙冤受屈的拔萃人才,当他们从地老天荒的苦难炼狱,度尽劫波归来时,就像是埋压地层的精煤,释放生命的火热能量,尽情地熊熊燃烧自己。他们不仅学养丰蕴,满腹经纶,而且正直执着,独具人格魅力。他们不仅是我学业上的恩师,也是我做人的楷模,其精神品德恰如火炬,照亮我人生前行的道路。唐朝诗人刘禹锡说:"山不在高,有仙则名;水不在深,有龙则灵。斯是陋室,惟吾德馨。"其貌不扬的青师院,也是一片沃土,桃李芬芳,走出一批享有盛名的杰出人才。时光飞逝四十载,有许多往事如烟飘去,了无痕迹;有些事情却清晰如昨,铭记心底。年去岁往,远距千里,但对母校恩师忆念弥新。

  回首跋涉的足迹,我有缘亲近拥抱过青藏高原,让我贫瘠的生命底色,涂染上最本真的色彩;我瘦弱的躯体,有幸匍匐在浩荡深邃的漠原,跪拜在人类地域最高的圣坛。是高原洁白的雪山、蔚蓝的天空、浩瀚的戈壁、碧绿的湖泊,以及炽热纯净的阳光,氤氲我一帘清亮的梦;是高原古城的淳美、青海师院的甘露,滋养我斑斓的梦境。于是才有了千回梦萦,梦萦千回,可以回眸青葱烂漫的日子,能够皈依铭心情深的地方。

歉收的鱼汛

大学毕业前夕,我们相约去看青海湖。

戎马青藏高原,青海湖于我并不陌生。但站在湖边,我们仍然惊叹大自然的精妙佳构。空阒辽远的蛮原,环湖雪峰峻峭,寒芒烨烨,死寂戈壁,烟瘴悲凉。这洪荒野原,所有的物体都浩博、遒劲,呈现阳刚卓立之势,分明是雄魂强魄狂劲舞蹈的世界。难以相信这荒漠竟然造化出如此富美的大湖,闪动着柔性的妩媚和温厚,在悲凉的宇宙间透出绵绵的温馨。再空辽的疆域也不乏阳刚之情和阴柔之爱的融合。只不过,如此浩博的荒原,才会有如此巨大的湖。否则,星湖花溪是无法与之匹配的。

住进位于湖畔的渔场招待所,交上几块钱,饱餐了一顿只准吃不准带走的青海湖鳇鱼。这种名叫"裸鲤"的鲜美的鱼,过去多得站在湖边捡块石头都能击中,现在随着对高原的开发,数量显然大不如前,已经被保护起来了。

高原的黄昏,安详静穆,暮霭辉煌,美得使人感动落泪。这酽浓的温馨,是在莺飞燕啼境况里所感受不到的。湖边的茵茵青草铺向天际,偶有白云似的羊群,在远处若隐若现。我们信步走在荒湖之畔,晚霞把你的眸子染得波光闪动,微风吹拂你轻柔的长发,一袭鲜红的纱巾极摄魄地生动起来。地老天荒的旷野,具有了现代的亮丽色调。只是这点鲜丽在旷野巨湖前极显单薄和渺小。

双脚轻缓地叩响大湖,心胸与大湖无声对话。大湖深蕴着原始贞洁的思绪,无须提问,虽说没有世俗的缠绵和提醒,相信平静的衣衫下,潜伏着不必理喻的喧嚣和萌动。我方知晓,你为什么相约来青海湖,是在提示些什么,抑或验证些什么。因为置身于辽阔湖滨,再不会去追逐那些沸沸扬扬的潮起潮落,奔突不宁的浮躁荡然无存,大恸大悲似的矫情柔意会羞愧失色,只有深博真挚的厚爱才会波澜不兴。

你我走上渔场的码头,徘徊在伸向湖心的长长栈道。蓝宝石似的湖面一片宁静,只在极远极远的天际有几只船浮现。我们把视线从湖面收回,不约而同地从对方的眼睛里读懂含义,我们翘望渔船归港,等待观赏苍茫高原上丰收的鱼汛,憧憬着自然丰厚的馈赠。吃饭时就探听到,满载鳇鱼的渔船傍晚时回港。只有这时候,清寂的渔场才会热闹一阵。

不料,刚才还是晚霞满天,突然间乌云滚滚,狂风大作,雷声贯耳,青海湖也涌起疯狂的大浪,冷彻肌肤的雨点砸下来,凶狠的雨鞭将我们悻悻地赶回招待所。干旱的高原下雨并不多,这难得的倒霉天气却被我们碰上了。

不久,雨歇了,高原之夜复归宁静。走出去,天空已是繁星闪烁。我们再一次匆匆奔向码头,栈道上的高压水银灯泛着青白色的光。码头上空无一人,一排空空的渔船停靠在长长的栈道两旁。正是我们不忍雷雨袭击时,渔船归来,工人们以最快的速度把新鲜鳇鱼及时运进冰库。没想到一场雷雨无情地淋透了一个美丽的梦。你我不禁心灰意冷,只为了躲避这场猝不及防的冷雨，竟失去了分享高原丰收喜悦的机会。是啊，一场冷雨我们就逃之夭夭，怎么可能会看到雷雨中的收获呢？难说是古原的惩戒，还是自身躲避的悲哀。

次日，我们踏上归途。你是否在想，如果不是那场雨，也许我们会得到巨湖丰盛的馈赠呢？还是因为有了那场雨，我们得到了繁复人生真切的体验呢？

难忘的面容

在人生之旅最初的卷宗里,谁没记载着几件笨拙的往事?在幼稚童年的时光里,谁能料到会折腾出怎样的闹剧呢?墨漆少年,或喜或悲,谁没干出些玩得心跳、傻得冒烟窜泡的蠢事?

我小时曾有过一次惊心动魄的"纵火"经历……

因为父亲干过几年淮河大堤护堤员,我童年时有一段日子是在淮河大堤边度过的,这里是难得的静谧优美的地方。

巍巍淮河长堤蜿蜒伸展,堤上碧树葳蕤,芳茵凝碧。堤内是浩浩的河水,白帆片片,间或还有长长的木排顺流而下,放排人时不时地东一下西一下地撑着竹篙。只有潇洒的拖轮疾驶而来,才使宁静的河面顿时生动起来。河岸边是一带温软的细沙滩和一行行如烟的柳林。长堤的外面,是一片广阔的富饶的大河湾。七八里路外的村庄,影影绰绰,朦朦胧胧。堤下长着几排挺拔的白杨树,由于平时很少有人来,这里聚集着很多不同的鸟,终日鸣啭不已。因取土修堤而形成的低洼堤塘里,干旱时生长着茂密的芦苇、蒲草。多雨时,堤塘内清水粼粼,有鱼群溯流游来。这里离村庄较远,村里人一般很少来,除了堤下隔一两里住着一家护堤人外,只有到了秋天才会不时来些收购蒲绒、芦苇的人。我和母亲、弟妹住在村里,只有父亲一人住在堤上。我一般会在星期天或放假期间,才去替换父亲,让他回村理个发,买些生活需要的东西。

现在我栖身于城市高楼的丛林里,远离真真切切的大自然,能够到宁静的环境里放松一下疲惫的身心,减轻些不堪承受的莫名烦躁,成了非常难得的享受,像淮河岸边的那种静谧天地,简直是个极乐世界。可童年的我,倒是极不愿意去那里。沉默是金,是对成年人而言的。童年时我喜欢的还是凑热闹。所以,每次去淮河大堤父亲那里,即使周围有无数好玩的东西,我却是寂寞难耐。

记得是在一个午后,我急不可待地等待父亲从村里归来,双眼紧盯着通向远方村子的路,直等得饥肠辘辘,迟迟不见父亲的身影。肚子不断地发出警告,饿得实在不行了,便决计点火煮个鸡蛋吃。我揭开锅盖,在锅里添了水放进鸡蛋,就点上火往灶膛里不停地续柴草。突然,我下意识地感觉到屋外有种异样的"呼呼"声,急忙奔出茅屋一看,顿时吓得两腿瘫软,喊不出声来,只见茅屋的屋檐卷起长长的火舌,迅速地向屋顶蔓延去。原来是我把芦苇编织的房门靠在了烟囱上,我烧火时烟囱里冒出的火星,引燃了房门,火就蹿上了茅屋。我猛地惊醒过来,赶紧将一瓢瓢水向屋上泼去,这无疑是"杯水车薪",显然是徒劳无用的。眼看屋子要烧毁了,这时突然从杂草丛生的堤塘里跑来两个人,顾不上"哇哇"大哭的我,一见猛蹿的火头,年纪大的让年轻人蹲下,他踩着年轻人的肩,攀上茅屋,用棍子揭去些房草,阻断了火的进路,又让年轻人端来水浇。火扑灭了,两位陌生人的手被烫出水疱,粗布补丁衣服也烧了好几个洞。他们和蔼地抚摸着我的头,安慰还在抖个不停的我:"孩子,别怕,火已经灭了。待大人回来,再苫上草就行了。我们是来买蒲绒的,看见房子着火就跑过来了……"

他俩要走了,我这才想到应该感谢他们。我赶忙上前拉着他们的衣服,央求道:"爷爷、叔叔,你们把我家这两袋蒲绒拿去吧!"不料这位长者还挺幽默:"那可不行,这可成了趁火打劫了。等你家大人回来,看到房子被烧着了,蒲绒也没有了,你不挨揍才怪哩!"我只好泪眼模糊地目送着他们远去。

好不容易挨到父亲回来,我抢先把失火的事,从头到尾诉说了一番。父亲把烧着的茅屋看了又看,又多次地问我那两个人的模样。性格一贯暴躁的父亲,这次却出乎意料地没有骂我,没有发火。这事发生后的几年里,父亲一直留心打听这两个人,直到后来离开淮河大堤护守岗位,也未能找到线索。母亲说,打听到以后要好好感谢人家。

童年生活中这次失火的经历,使我对火有种下意识的恐惧,有种下意识的警觉,但也感觉到异乎寻常的温暖。每每见到炊烟升起,我都会想起那两张难忘的面容。

绿叶脉脉皆是情

学员宿舍楼静静沐浴在月色之中。

学员们却不能平静,认真回忆着在这里的一千五百多个日日夜夜。明天,他们都将跨出这所挚爱的军校,将成为一叶快舟,从这里驶向祖国的辽阔疆域。

队部里流泻出轻轻的灯光。

学员们太熟悉了。无数个夜晚,这灯光掺着星辉月色,一次次悄悄地潜进他们的梦乡。就在这极轻极柔的灯光下,四年中,每个他所带过的学员的细微变化,都融进这位中校军官的眼中。学员清楚地记得:在他住在队部里的所有夜晚,只有两次没有见到这熟悉的灯光。一次是接到几个留学国外的同学的来信,劝这位品学兼优的学长,不要丢掉专业;另一次是在不到一个月的时间,连续三位亲人去世,他无暇回家奔丧。但学员们看到,在第二天清晨,他已早早地站立在寒风凛冽的操场上,口令比平时更加脆亮。久而久之,学员们觉得倘若没有这灯光,恐怕难以安然入睡。今夜,这灯光依然如旧,却重重叩击着大家的心扉。

昨天,学院那位将军庄严地宣布这批学员的毕业命令,瞧着在一起滚爬了四年的队长清瘦的面容,学员们纷纷拥来表达对他的崇敬感激之情。不少学员送来了纪念品,都被他一一拒绝了。

晚饭后,学员们在几位班干部的倡导下,集中到一个宿舍,商量怎样才能表达他们对朝夕相处的队长的挚爱,既不能被他本人知晓,又要让学院领导、教员们都能知道。经过周密计划,他们决定选在向母校告别的仪式上。此事就让几个学员去办了。

夜很静。队长缓缓吐出一口烟,久久地盯视这灯辉。毕业至今,他在基层学员队默默干了十年,从一名留校学员成为一名中校队长,他熟悉所带学员的一举一动。他思索着,熄灯前不久,几个学员聚集在一起,为什么一见他,马上就走开了呢?

告别母校的时刻到了,鞭炮噼噼啪啪地响着,毕业学员仍和往常一样,排着整齐的队形,迈着有力的步伐,经过道路两排欢送的官兵,正步通过学院大门后,在大门外站定,回过身来面对母校,举起右手庄严宣誓,不辜负母校的培养,要为母校争光。赶来送行的院首长与毕业学员一一握手告别后,一位学员大步向前,双手将一块精致的匾捧给将军:"报告院长,这是我们队全体毕业学员,对默默奉献青春,用心血培养我们的首长表达的真挚敬意。"将军院长接过了横匾,揭开上面的红色绸布,看了看,用双手举过头顶,那上面写着"不忘母校培育之恩"。送行的官兵激动地报以雷鸣般的掌声。

毕业学员顿时惊呆了,面面相觑。那横匾上,他们昨晚明明写着"不忘队长辛勤培育",怎么会变成这样?他们哪里知道,这匾是队长昨晚悄悄地改过了的。

望着微笑的队长,学员们再也控制不住难舍之情,再也控制不住热泪,缓缓地,缓缓地举起右手,向队长致以庄严的军礼……

走进金秋的遗憾

金菊吐英的9月,学院宽阔整洁的大道上,走来一队刚跨入军校的新学员,一片鲜红的肩章映着火红的朝霞,泛着蓬勃旺盛的生命原色。又一批军旅的优秀男儿在这里会聚、深造,将成为未来卫国戍边的啸天雄驹。然而,我遗憾的是,这中间没能有他。

7月,我奉命前往成都军区招生。军区招生办的同志给我介绍情况时,特别指出在这些优秀的士兵考生中,有两类考生需优先考虑。一是西藏边防部队的士兵,他们成年累月坚守在海拔几千米以上人迹罕至的冰山哨卡;二是云南部队的扫雷分队,这些年轻的士兵整天和死神打交道,如歌的年华随时可能会碰响地雷血肉成雨。各军校招生的同志无不为他们的奉献精神所感动,在不违背招生政策的前提下,没有理由不优先录取这些经受艰难困苦和生死考验的战士。

当他在两天后,有些冒失地走进我的房间,自我介绍他是云南扫雷部队战士时,我不觉惊诧且顿生敬意。他告诉我,今年报考军校,非常喜欢我们学院的专业,但估计考试成绩不是太理想。他在不久前扫雷时负了伤,正在成都军区住院,闲着闷得慌,便溜了出来,来找军校招生的同志聊聊情况,因为他太向往军校,连做梦都在想。

坐在我的对面,他不紧不慢地和我说,他从小崇拜英雄,长大后就希望成为一名职业军人。或许是命运的着意安排,他刚一入伍,就来到了当代英雄们浴血战斗的云南边防。那场战争的硝烟虽已被和平的炊烟代替,他却担负起比战争更惊心动魄的扫雷任务。面对着青山鲜花丛中还暗藏着的成千上万颗地雷,他曾一遍遍思考战争与和平这永恒的命题,思考当代军人的真正价值,于是他越发想到军校学习充实自己。他说,当代军人不只是要勇敢,还要有智慧;不仅要有奉献精神,还要有理解战争本质的能力。他认为拿破仑的那句名言"不想当将军的兵不是个好兵"非常缺乏内涵,有些轻狂。他觉得:没有智慧的兵,才永远不是个好兵。

我注视着他坚定的目光,切实地意识到这是个有思想有才华的好苗子。他喜欢军事理论,想着考进军校后悉心研修,在军事知识的海洋中遨游。但在残酷的雷场上,那场战争双方布下的数不清的地雷,要靠他与战友们去排除,他和战友们无暇顾及其他,也无法去复习文化课,把全部的生命精力凝于每根神经,不敢有丝毫的大意。他噙满泪水地说,与他朝夕相处的班长,和他一起准备报考军校,他们在一起复习,一起解答难题,想象着踏进军校的那份激动。但就在一个风清气爽的上午,班长碰响了藏得不易觉察到的地雷,倒在了一丛鲜花的旁边。

我问起他的伤势,他是在不久前的一次排雷中,被飞起的弹片割断了腿部的两根神经,使得一条腿在走路时有着明显的残疾。我调出了他的考试档案,成绩已经达线,但我只有深深地惋惜。军校是为部队培养全面合格干部的,按照我们军校体格检查标准,他的伤腿是不能被录取的,我无能为力。我把他介绍给其他技术性很强的军校,但因为相关条件所限,他们也爱莫能助。我很委婉地说出我的遗憾,不想他却爽朗一笑,非常乐观地说:"中国军官应给世界一个好的形象,我不能给中国军官丢脸。我只想认识你一下,如不嫌弃,如不属保密,可否给我寄些你们学院的教材,我可以自学,我就非常满足了。"

我送他离去时,陪他沿着河岸缓缓走了一段。轻风拂起绿色的军衣,他的目光投向远方。他那一跛一跛的身影,消失在我泪水模糊的视线里。

乡野草果醇

某日逛超市购物,走至水果摊位前,形形色色的水果,清香扑鼻,琳琅满架。无意间,我见到一种熟悉却遗忘了多年的野果,居然被摆上了都市超市的货架,列于精美艳丽的果品之中。我近看其商品名称,很有诗意,叫作灯笼果,且价格不菲。

我埋藏在脑海深处的记忆被瞬间激活,这种水果不就是小时候在乡下田间地头,经常见到且并不金贵的野果子吗?我们村里的人都叫它"酸紫果"。可能是因为它吃起来有些酸溜溜的味道,乡里人便从味觉上称呼它;也或许是这里人的发音习惯,把这种学名叫酸浆果的果子,说成是"酸紫果"了。

在我家乡的田野上,草木旺盛,生长着数不清的草本植物。春天来临,田地上草色各异,欣欣向荣,各自开花结果;四季轮替,各自生长荣枯。"酸紫果"是极普通、平常的一种蒿状野草,随性地长在某个不碍耕作的地方,兀自安静地开花结果,并不引村人的特别注意。它的株姿形态也不优美,开出的花也不娇艳,其叶、茎也不能果腹。只是它成熟时,果实形如小灯笼,味道倒是酸甜可口。其花不像牵牛花、蒲公英花,虽低微但花朵清丽,被人青睐观赏;其实也不像草莓那样甜美,被人们广泛地种植。

立夏时,田野上苗碧麦黄,色彩丰富,生机蓬勃。这时随着春天萌发,"酸紫果"也已长成自己的模样,寂寂地洒脱直立,枝叶舒展，朴实大方。株姿茎高40~60厘米，根部坚实挺硬，分枝随意，叶片厚实，附有柔柔的茸毛，呈心形阔叶形状。大约在收割麦子时，便从枝叶间向上伸出一小朵青色花萼，渐渐从花萼尖嘴处冒出花瓣，开成淡黄色裂片花冠，花片的底部晕染有紫色的斑纹。花开放后收拢，成倒吊钟样下披收拢，里面的内核如同一粒青嫩的豌豆，一天天膨大变硬。到了秋天成熟，卵形的果实变成淡黄色，大小似葡萄，捏上去肉厚多汁。这时，果实的外壳也由青色变成薄黄的牛皮纸样，在秋阳的照射下，枝上悬挂的一枚枚"酸紫果"，似一盏盏小灯笼。

"酸紫果"在未成熟之前，很少有人关注它，即使偶尔碰见，也不是特别留意。就连我们当时割牛草、打猪草时也不去理睬它们。九十月份，田里的大豆荚黄了，玉米棒熟了，躲在一旁的"酸紫果"也熟了。人们在某时路过或干活间隙，突然就发现了它，便有些欣喜地蹲下身去，采摘一些颗粒饱满的"酸紫果"来吃。撕开外面一层薄皮，果实澄亮诱人，食之酸甜可口，止渴生津，有种野草果子特有的鲜美味道。有人见到多棵"酸紫果"，就会采摘些用草帽或衣襟兜着，分给一起干活的人品尝。有时索性直接折些果实累累的茎枝，带回家给家人尝尝。

小时，这种野草果子都是碰见就采摘些来吃，田野里可以吃的野果众多，人们对它并不特别稀罕。离开农村近四十年了，虽无数次梦回家乡，但从未梦到过"酸紫果"。要不是近日在超市见到它，不知何时会在梦中出现，也许会被永远地忘却了。

看到过去农村田地里的野草果，成了味道独异、营养丰富的果品新宠，想想那时乡村的大地上生长着多少美味的野果啊！

辑三

世漪记微

我的从军路

参军是很多年少男儿美好的向往,至于出生在贫穷乡村的我,在那无缘被招工、推荐上大学的年代,当兵是走出闭塞沉寂的农村,跨进广阔世界的唯一路途。而我的从军之路,却崎岖不平,几经波折,不是很顺畅。

第一次报名参军,刚好达到应征入伍的年龄。报名审查通过后,接下来就是体检。参军体检是在十多里远的区所在地镇上,参加体检的毛头小子,要自己带着简单的铺盖,在体检的前一天傍晚来到,在那里住上一宿,先要在晚上采血查验血吸虫。我邻村的同班同学也报了名,我们俩信心十足,踌躇满志背着一床单薄被子,赶到这次验兵临时腾空的烟麻大仓库。仓库空旷的地面上,沿着四周墙边,铺有一圈芦苇席子,100多人按照公社、大队划分,一溜溜铺好铺盖。晚上,一大堆半大小子在昏黄的灯光下挤在一起,吵吵嚷嚷,打打闹闹,兴奋得不得安宁。直到部队接兵干部走进来,我们才安静下来,干部通知大家八点后必须躺下睡觉,早些休息,不准交头接耳,午夜过后开始逐个采血化验。我和同学分头蜷缩在一条被子下,迷迷糊糊,似睡非睡地躺着等候。十二点刚过,穿着白大褂的医生就走进来,端着盘子,两人一组,按照名单顺序依次进行采血。轮到我了,医生在我的耳垂上用针深刺一下,挤出两三滴血,滴涂在窄窄的玻璃片上，然后一起送去查验。第二天一大早，医生来宣布查验结果，我被查验出有血吸虫。听到消息后，我顿时就像霜打的茄子——蔫了。第一关我就没能通过，遭到提前淘汰，不用再参加后面的体检了。看着查验通过的人，个个兴高采烈地去参加下面的各项体检，我只有沮丧气馁，浑身软绵绵的，也没吃早饭，卷起被子，垂头丧气回家去了。我低着头走在路上，生怕遇到认识的人，不好意思。快到家时，村里人集体在靠近公路边的田里干活，我将头扭向另一边，有人喊我，我觉羞愧，不愿搭理。体检铩羽而归，还害得我后来吃了大半年治疗血吸虫的苦药片。

　　第二次应征参军是在高中毕业的前夕。那时，中学是在春季毕业，那年正好征的也是春季兵。部队来接兵的人员，就住在我们中学近旁的公社大院里。他们身穿缀着领章、帽徽的军装，英姿飒爽，干练帅气，我们非常羡慕。我们班级有四位同学应征报了名，在中午、下午放学后，一起去公社院内找部队接兵的交流，想打探些信息，了解部队驻在哪里，是什么兵种，也是为了套套近乎，获得接兵的人对自己的好印象。当年多是只读到小学、初中的青年报名参军，高中毕业应征报名的，算是凤毛麟角。部队来接兵的同志，当然更愿意带青春俊朗、朝气勃发的高中生。几位接兵的也到中学来，走访班级任课老师，找班级四位报名同学交谈，还有意给我们出些"脑筋急转弯"的题目，还给我出了几道用火柴棍摆出的算式或图形，只准动其中的一根变成正确的算式和新图形。几次接触下来，其中穿着四个兜的军装的连长，对我有了极好的印象。接下来的体检，一关关过得很顺利，我觉得就要圆参军的梦了。焦急地等到定兵时，不料我又被刷了下来,原因是我的肺上有两个钙化点。当时参军热门、紧俏,想去当兵的人多,确定入伍名单时,地方干部要参与较多意见,这给有权势的人"开后门"提供了便利。没有很硬的背景、关系的,被人顶替也是常有的事。我去找接兵的连长,他感到有些意外和失望。他回到镇江部队驻地后,还给我写信鼓励我明年继续应征。

第三次参加征兵体检,已是两年后了,这次并不是我报的名。高中毕业后,有关系的同学被安排工作,我只能在生产队下地干农活。不久,上面要在农村基层开展路线教育,县委抽了各方面的人组建工作队,派往各个生产大队,我也被抽去参加了工作队。路教工作结束前,所在工作队的领导因对我材料写作的能力很赏识,就亲自出面推荐我到大队小学当民办教师。我担任了民办教师,这年国家也开始恢复统一高考招生,我对参军入伍的愿望不再那么强烈,不再将它作为人生唯一的梦想。我一面努力上好课,一面刻苦复习准备高考。一日中午放学后,我走在校外的公路上,看见从部队退伍回来、平时对我很好的大队民兵营长从远处飞快骑车过来。他见是我,便气喘吁吁地下车,让我跟他一起验兵去。原来他带着十几个小伙子去体检,多数不合格被淘汰,分配的指标还有缺额。他想起来我两次报名都没走成,一心想让我再试一次。我虽说了不少验上也去不成、不愿再被拉去为别人垫背的牢骚话,但经不起他为我好的心意。我跳上他的自行车后座,匆匆赶往体检的区医院。补上体检表后,第一项检查血压就出了情况,体检医生是蚌埠陆军123医院的女军医,给我一测血压竟是85~130mmhg。她眼睛闪出些惊疑,向我询问了几句,得知我是从十几里路外匆忙赶来,便嘱我到外面等半个小时再来检查。外面知道情况的人,有的给我出点子,说去喝些醋,有的说喝些"井拔凉"水,再量血压就会降下来。我便去买了半瓶醋龇牙咧嘴地喝下,又灌了一肚子凉井水,挨到半小时后再检查,血压虽有些变化,但还是在 85~128mmhg,还是高了些。女军医微微一笑,在我的体检表格里填上 80~120 的数值。她大约知道我的血压不会有问题,不愿因可能是心情紧张等因素的影响,就扼杀了我参军入伍的愿望,接下来的各项体检顺利过关。终于等来确切信息,这次入伍名单里有我。没想到我的参军梦圆,是来自"无心插柳柳成荫"。

  定下来入伍的人,在走的十多天前,就收到了发下来的崭新的军装,大家欢欣喜悦,四处走亲访友,相告话别。别人都穿上军装好多天了,却迟迟不见我的军装。我意识到又出了问题,可能又一次深深失望了。我对此生参军已心灰意冷,还是老老实实先当好民办教师吧!可就在新兵将要启程的当天早上,民兵营长跑来告诉我,总算定下来了,让我下午就与大队几个新兵一起到公社集合,晚上到蚌埠乘火车去部队。大队组织群众敲锣打鼓,和新兵的亲朋热热闹闹地一路送行。我未来得及与父母、弟妹说说话,就夹在穿着军装的新兵里,穿的还是我平时的衣服。到了集中地点,部队接兵的领导才拿来军装,让我赶快换上,这套军装我穿在身上十分合体。直到此时我才如梦方醒,知道自己真的实现了参军的理想。后来才得知,县委武装部部长的侄子,是下放在我们公社的知青,今年也要去参军,这人脑子不是太灵光,原定兵名单没有他,部队接兵的领导也不愿意带。

可若是不带，则公社几十个新兵谁也走不了。我因是后来补检的，岁数又超一年，就在我与他两人之间取舍去留。公社武装部部长、大队民兵营长对我的品行、才学非常熟悉，极力地推荐我。就这样一直僵持到新兵启程之前，才最后定下让我走。部队接兵领导早就根据我的体态，特意留了一套三号军装，在我后来整个军旅生涯中，我穿的都是三号军装。

就这样磕磕绊绊、跌跌撞撞，我好不容易走上了从军路，戎马高歌于辽阔高远的青藏高原。

故乡的鼓声

渐近故乡村头,阵阵锣鼓声朝我袭来。也许因为我是军人,这激越亢奋的鼓声,使我联想起古战场上威武雄壮的队列和鼓角齐鸣。抑或是直觉敏感,使我分明感受到国泰民安、笙歌齐鸣的喜悦之声。啊,也许不仅仅是这些。在古老民族的历史上,这用途广泛的锣鼓,震荡在复苏的乡村里,你能单纯确切地感受出它丰富的内涵吗?

下了车,铿锵震耳的鼓声铺天盖地卷来,冲击着我的心扉。我惊呆了,这高亢激越的、节拍明快的鼓声,是我村的鼓声!虽说我已经十多年没再听到它了。噢,即使是在震耳欲聋的炮火中,我也能分辨出故乡鼓点的节奏来。因为那熟悉的鼓点、富于变化的节奏、潮水般的威势、特有的魅力,是别村的锣鼓所难以比肩的。

我村的锣鼓闻名于四邻八乡,在方圆数十里内独占鳌头。过去,故乡一带每村都有一班锣鼓,逢年过节总要热闹一番。3月庙会,近百里的父老乡亲都来赶庙会,人山人海,锣鼓喧天,气势非凡。几十班锣鼓一起擂响,恰如钱塘之潮。各村的鼓手都施展出各自的神力,用自己独特的鼓点变化,扰乱对手的节奏,盖过别村的鼓声。那时我村的锣鼓,总能在千鸣万响之中,敲在自家的鼓点上,并不断变换节拍,打乱各村的鼓点节奏,迫使各路锣鼓鸣金收兵,败下阵来。待几十班锣鼓都停了下来,我村的锣鼓却正打得红火呢!有些不服气的人乘机起哄,想挤散我村的锣鼓班子,不料被挤散在人山人海中的锣鼓,无论相距多远,仍然敲在同一个鼓点上。这期间,有懊恼气愤的,有时还难免拳脚相见……当年的延庚老爹,就是凭系着两块红绸的鼓槌,以神奇的鼓点和默契的配合,硬是让四邻八乡的鼓手都服软了。直到后来那狂热的年代,在一次毁果林、修梯田万人誓师大会上,硬是让饿了多天的延庚老爹去敲鼓助威。那天,延庚老爹两眼圆瞪,双臂翻飞,两根拇指粗的鼓槌都折断了,最后他高吼一声,振臂一捶,擂破了他多年珍爱的红鼓。从此,我村的锣鼓就再没有响过。

我兴冲冲地向家奔去,迫不及待地向母亲询问。母亲看我兴奋的神情,笑着对我说,是年近八十的延庚老爹,花了五六百元新置了一套锣鼓家什,准备在年三十晚上好好热闹一场呢!想不到回乡过节,还能领略到延庚老爹飒爽的英姿和动人的鼓声!

除夕晚上,早早地吃过了年饭,几声鼓响后,锣鼓声骤然轰响起来,整个村庄沸腾了。老老少少潮水般拥向延庚老爹的小院。我再也压抑不住自己,扶着母亲,急步赶来。小院被围得水泄不通,孩子们爬上了墙头。场中央,延庚老爹已脱下棉衣,只穿一件夹袄,斜挎一面红色大鼓,鼓槌起落,红绸翻飞,身体有节奏地扭动着。几个孙辈逗乐说:"延庚老爹,明天不要再累倒起不来了。""小子,就是一睡明天不醒了,也高兴哇!"我分明感受到了老人喜悦的内心世界。

啊,我故乡的鼓声哟,你使我如此激动!

寻找彩虹

晚饭后,正在埋头做作业的小女突然发问:"彩虹到底有多美呢?我怎么没有见过哇?"我亦蓦然一怔,是啊,自从融入这个城市高楼的森林中,十多年来我与绚丽的彩虹,也早就绝缘了。我只好极用心、极耐心地用缺乏感染力的语言,为女儿描述彩虹的美丽形象,并答应等她放假时,带她去乡下,去看那雷阵雨过后的旷野,那里是经常会有彩虹出现的。

回味彩虹,我迫不及待地逃脱喧哗拥挤的人流,走进儿时鲜活清新的伊甸园,走进那雨后清新的乡野。乡村的雨要么就下得痛快,雨丝如鞭,于芦席上卧听敲击翠禾的声响,于屋檐下默数雨泡的聚散破灭,要么就下得不紧不慢,意趣盎然,戴一顶竹笠,披一挂蓑衣,阡陌埂头,倒骑牛背,任其游荡在青绿的烟雨里。到雨歇初晴,天会出奇地青蓝,掺和着一股股泥土馨香的气息,吸一口五脏六腑被过滤得通体澄澈,让人顿觉心悦神爽,杂念殆尽。这时,斜阳飞虹,相对而出,异彩缤纷,交相映衬,寂静的乡野瞬间绚烂得如诗如画,生动得摄人魂魄了。

我总喜欢赤脚踩着泥泞,奔出村外,看不厌色泽鲜润的彩虹横跨在天上,有着无穷无尽的遐想。童年的伙伴们高兴地一起欢蹦乱跳,喜形于色,大声喊叫不停:"快来看哇!出虹啦!太好看了!"往往大人们也禁不住诱惑,忙出门:"在哪?""没看见吗？就在那。"搭话的人只用下巴，朝出虹的方向扬扬，不论是谁，从不用手去指给别人看的。长辈早就告诉过我们，不能用手去指彩虹，不然手会生疔疮的。我们小时候为此大感不解，为什么用手指了彩虹，就要生疔疮呢？我几次欲验证一下，结果都未敢贸然行事。大约彩虹在农人的眼里太美好、太神圣了，是不能用手指随意指点亵渎的。恐怕世上一切美好的事物，都不可用手随便去指的吧。

有时看彩虹非常近，确信一端就在村头的水井里，便急匆匆地跑到水井边，却什么也没见到，虹又在前面不远的地方。父亲告诉过我，七彩的虹，是专供神仙们走的桥，不是一般庸人能找到的。它的另一端，通向天边一个非常富裕的地方，那里风调雨顺，四季丰产。从前，曾有个勤学苦读、品德极好的孩子，在一个暴雨过后的午后，终于找到了虹的一端，他轻捷地踏上七彩虹桥，香气弥漫，霞光缭绕，走在桥上，怡然自得。他走上桥顶，放眼阡陌，只见稻谷丰硕，人欢马叫，于是就呆呆而立，不肯再往前挪动半步。倏然，虹桥断裂，彩气消失，那个孩子也摔成了一坨泥土。父亲是有意借这空间深邃大象来告诫我，还是激励我？反正我当时是挺相信的。我知道那极其美丽的七彩虹桥，不是轻易就可得到的，也不是轻松能够飞渡的。

彩虹的真实形象已经遗忘多年了，闪烁不停的霓虹灯晃得人慵懒乏力，心塞气滞。是女儿的提醒温馨了我对彩虹的回味。是应该走出幽静无雨的楼房了，否则是没有资格再找到彩虹的！

风筝的记忆

时序惊蛰,倏地,便惊起梦眠。

此时,我已经站在家乡村头的田野里,虽还有些寒风拂面,但能够清晰地感觉到沉寂的土地,正在悄悄复苏生命的节奏。脚底下的泥土有了些微酥软松动,腿边的麦苗隐约发出伸腰拔节的声响。可我还是觉得田野之上寂静了些,与记忆中的对这片田野的印象不同,似乎缺少了些什么。茫然恍惚间,抬头四顾,原树正在泛青的枝条静静伸展,晴朗的高天空寂无物。噢,想起来了,是这青绿田野上的天空,缺少了迎风飘飞的风筝和清亮悠扬的风笛声。

我年少时,村边这片田野,在这个时节,每天午后便喧腾热闹起来。村里的大人、孩子从漫长冬天寒冷饥馑的窘态中走出来,走到自己村边的田地上,兴高采烈地纷纷拿出各自的大小风筝,在绿茵茵的麦田里,趁着晴日在春风里放飞。孤寂冷清的田野、天空、村庄顿时就生动鲜活起来了,蓝天上风筝在自由飘飞,村庄前后桃花灼灼怒放,动静相宜地突显在春烟里,这是乡人最热烈、最希冀的明灿春景。

高远的天幕成了最好的舞台,各形各色的风筝五彩缤纷,争奇斗艳。不过,过去乡村里的风筝放飞,像是传统古装戏剧的演出;而当今城乡的风筝放飞,则如同是现代歌舞艺术的盛宴。因为现在制作的风筝,材料新颖,做工精致,造型更是多种多样,千奇百怪,奇特生动。我们小时候放飞的风筝,多是自家扎编裱糊的,式样不多,看上去朴实无华。记得名字有:和尚头、豆腐干、八角、燕子、梅花、七十二。和尚头、豆腐干扎得比较简单,是用竹篾扎成圆形、四方形;燕子、梅花扎得比较美观,是用竹篾扎成小燕子、梅花造型;七十二扎得比较繁复,是使用粗细多样的竹条、竹篾扎成七十二个角的形状。和尚头、豆腐干、八角,都是比较小而轻捷的风筝;燕子、梅花,是比较适中而精巧的风筝;而七十二则是较为大且奢华的风筝。

"好风凭借力,送我上青云。"凌空轻盈摇曳的风筝,全是依赖和缓流风的吹拂。春风和畅,熏日暖流,正是放飞风筝的最好时光。可要让风筝上天,飞得稳,还要会判风向,知风力,晓风势。风太微弱时,风筝不是很容易飞升起来;风太狂疾时,风筝就很难稳定飘飞,不是扯断线绳被风刮跑,就是风筝骨折纸破损毁。风筝飘飞不在于地面风的大小,而在于高些的天空风力强弱稳定。内行娴熟、会放风筝的人,会把握风向、判断风势、选准时机,及时地举飞、放线、扯线,有时还需辅助跑动,不断观察风筝的飞升动态,才能驾驭好风筝飞上天空。地面上的风较为紊乱,只有升到高些的天空中,气流平稳,风筝才会自由自在地翱翔。

当然,要想把风筝飞得高、飞得好,还有很多的技巧、考究,除去风筝的扎绑做工精当、纸张糊裱得法外,还要会调整好定绳仰角、配上轻重适当的尾绳才行。如果尾绳太重,风筝就很难飞起来;要是尾绳轻了,风筝升空后就会一头扎下来撞向地面,或者一直在空中绕圆圈险象环生。我们那时放风筝,看到有人的风筝轻快地飞上天,有人的风筝就是放飞不起来,一遍遍地举起,扯线跑动,风筝飞高一些,待停下脚步,风筝又慢慢落下来,常引起大人、小孩的阵阵哄笑,真是又懊恼,又羞怯。

傍晚前,村庄外的天上飞满形态各异、绚丽多姿的大小风筝,伴随着众人喧嚣不已的喊叫声,晴天,成为风筝比武相互炫耀、明争暗斗的竞技场。有赞美、有嫉妒,有攀比、有挖苦,一片吵吵嚷嚷、争辩不休。大人们放的风筝,多数是大七十二,有大半人高,飞得又高又稳,悬在天上气势非凡、雍容典雅。这么大的风筝要用捻得结实的麻绳,才能放得住,若麻绳细了就要被扯断。拉扯风筝需要有力气,小孩子一般拉扯不住,会被风筝带跑摔倒,或失手丢掉风筝。我们小孩放燕子、八角、梅花等小些的风筝。

风筝放飞到天上,要相隔一定距离,不能挨得过近,不然风稍有些变化,风筝有可能会交缠到一起,就会摔下地来。天空是平等的,可放风筝的人却相互较劲。有时有的人互相不服气,就借着放风筝互不示弱,互比高低,用风筝来斗架。两人把放飞的风筝有意抵近,差些的风筝就会被另一风筝缠在线上飞不了,败下阵来,而那只风筝却还在高飞不误。可更多的时候,是两败俱伤,互相交缠着撞向地面。

挂满半边天的风筝,五彩斑斓,飘移摆动,像是天女纷纷撒下花瓣,蔚蓝的天幕绚美如画,引人久久注目,指指点点。此时,从那画面中还会传来悦耳的鸣声,这是从风筝上的风笛里发出的。现在的人们放飞的风筝,品种繁多,万象纷呈,十分精致,但大都没有安装风笛,也没有美妙的乐声鸣响。严格地说来,这不能算是风筝。风筝装有风笛,能发出像古筝一样的声响,才能叫作风筝。在风筝上装的风笛,我们那时叫"嗡子"。风筝风笛制作材质不同、大小不同,声响的悠扬声调也不同。大些风筝上绑的风笛,比较考究、上乘,选用适宜的细竹,弯成弧形的弓,弓弦是用蚕丝织成细带,用蛋清涂刷晾干,绷在弯弓上制成。稍差些的弓弦,有用类似自行车内胎胶皮制作的。风筝在天上迎风飘飞,风笛就会发出动听的弦音。小些的风筝也可绑风笛,选用柳条或高粱细秆弯成弓,弦片是把蒲草长叶从中间破开,用碎碗瓷片刮薄磨平,细心绷在细弓上制成。绑在风筝上,也会发出清亮悦耳的声音。风笛的材质不同、风势强弱不同、放飞高低不同,发出的声乐交响和鸣,好像是一部悠扬的大合奏,在清旷的麦田和袅袅炊烟的村庄上方萦绕回荡。有的人技高一筹,还能把风筝牵拉进村,拴在自家门前的树干上,在有月亮的晚上,很晚也不收回,就让风筝的鸣唱一直响在明亮的月光里。

  我小时候对放风筝特别痴迷,非常羡慕别人做得漂亮、飞得很高的风筝,心中渴望自己能有一个大而美的风筝,老是哭闹缠着父母要个大七十二。父母好不容易弄到几根竹子,请会做风筝的巧手,给我编扎了一只,比我还高许多。可放飞这样的风筝要有很长的麻绳,需上好的火麻捻成。那时家里很穷,没有钱买几斤火麻,也没闲工夫去捻那么长的细麻绳,也是因为我还小,放不了这么大的风筝,搞不好还会发生危险。所以,那个大大的风筝就一直没有用棉纸裱糊,只是把那繁美的骨架挂在墙上,时时看去满足下虚荣心,我放飞大风筝的梦想也始终未能实现。

我虽未能独自放飞昂首冲天、睥睨群雄的大风筝,却放遍了家乡所有样式的袖珍版风筝,而且都是我亲手扎制成的。我根据自己仅有的风筝线承受力,扎制适宜尺寸的风筝,把大些复杂的风筝微缩减小,才会在放飞时不挣断线。我把竹篾削刮均匀,扎成一个圆圈,糊上白纸,固定好三条平衡线,选两个重量合适的脱过粒的高粱穗,扎在圆圈的下方,就做成了和尚头风筝。用稍硬点的窄竹条,先扎一个长方形,在长方形的正中扎一根强硬点的骨轴,再在长方形与骨轴上框扎一个小三角,在下框与骨轴上扎一个大点的三角,糊上白纸后,用数根长纸条做尾巴,就做成了小燕子风筝。选用韧性较好的竹篾扎成个大圆,再扎七个能正好沿大圆围成一圈的小圆,用四根骨架扎成放射状,绑在大圆和小圆上,糊上白纸,用颜料描画出九个圆,形成梅花盛开的样子,就做成了梅花风筝。我最引以为傲的是,能把复杂的七十二风筝,缩小扎成尺半左右。此最讲究的是不仅在尺半扎得出,还要能飞上天去。这么小的尺寸能把繁美的七十二个角扎成,既要形状优美,又不能超重。我是用芦苇、高粱削刮成细薄丝条,将七十二个角扎得清晰好看,还会安上小巧的风笛,放到天上去华美无比,一点也不逊于大风筝,众人看了啧啧称奇。

我也是一只从村庄起飞的风筝,趁着东风,凭借暖流,穿云破雾,沐风浴雨,飞过山川河流,飞至青藏高原抵近太阳的地方。不敢说飞得高,但飞得足够遥远,且故乡一直把我牢牢地攥在手上。此时,故乡又一次把我拽回在村头的麦田上,仰望晴空,找寻那曾经风筝翩飞的喧闹天象,只望见新颖的楼房寂然站立,却没有袅袅炊烟和薄薄的雾岚萦绕……

捉蟾略事

蟾蜍,听起来很文雅的字眼,很能引起美好的想象,可实际上就是我们俗话说的癞蛤蟆,也叫癞癞猴。从形体长相上看,和青蛙长得差不多,就是外表皮貌有些丑陋悚人,灰褐土黄的皮肤上布满难看的疙瘩,不及青蛙外貌靓丽可人。平日里,我们叫青蛙是蛤蟆,叫蟾蜍是癞蛤蟆。小的时候在乡下,青蛙、癞蛤蟆很常见,在沟塘河渠里比较多。现在农村清澈的沟塘河渠少了,稻田谷地农作物施的化肥农药多了,青蛙和癞蛤蟆等小动物也比过去少多了。以前,过了惊蛰、春分,在村头的沟塘里,便能听到"呱呱"的蛙鸣声声。到了初夏的夜晚,尤其是新雨初歇后,便有清亮悦耳的蛙声此起彼伏。如今,已经很难感受到"稻花香里说丰年,听取蛙声一片"的意境了。

青蛙和癞蛤蟆都是两栖动物,不过,青蛙比较喜欢待在水里,癞蛤蟆则多愿意蹲伏在地上。村头、田埂、蒿丛,只要有些潮湿的地方,癞蛤蟆就蹲伏在浅浅的穴里。青蛙动作敏捷,跳跃力强,一有点动静就会"扑通、扑通"慌忙跳进水里。癞蛤蟆则是动作迟缓,慢慢爬行,什么时候都蠢笨愚拙的样子。人不喜欢它,它却与村庄的人亲近,在村子的房前屋后,都会经常看到它。青蛙就不会这样,最多也就在村中水塘里蹦跳嬉闹。青蛙的模样活泼可爱,我们喜欢捕捉青蛙,不仅是青蛙肉嫩鲜香可以解馋，更多的是体会钓青蛙、叉青蛙的乐趣。癞蛤蟆暗灰丑陋的样子，见到就让人心悸肉麻，很少有人愿意去碰它。

癞蛤蟆的外貌不招人喜欢，不被人待见，因此我们对它的态度多是轻蔑和鄙视，有时见它到脚边，还不禁踢上一脚。在日常的说话言语中，它也没有什么好，遭到极尽的嘲弄和讥讽，被说成是"癞蛤蟆想吃天鹅肉""癞猴子爬到脚面上，不咬人却腻歪人""癞蛤蟆垫桌腿，也不嫌个寒碜"等，意思都是癞蛤蟆就是个低级、丑笨的东西，不应有也不配有美好的其他，而且还是对美好事物的亵渎。人只有在遭受病痛厄运时，才会想起它的好来。那会儿，农村有人患上了腮腺炎，被说成是"蛤蟆瘟"，脖子肿得厉害，或有人患上毒疮，疼得呼天抢地，这时则想起捉上两只癞蛤蟆，剥了皮，将皮捣碎后敷在患处，马上就能解除疼痛，不两日即可消肿治愈。

平时人们很少去碰的癞蛤蟆，我在上初中时，曾在夏秋季节里，和它有过较多亲密接触，乃至肌肤相亲。那时，得知了癞蛤蟆身上的疙瘩里有"蟾酥"，是种价格很贵的药材，从癞蛤蟆身上挤取后晒干，制成蟾酥薄片，洁净明亮且品相好的，可以卖到50元一斤，那可是相当于现在的好几千块钱啊。放暑假后，我就四处去逮捉癞蛤蟆，用一种特制的铁皮夹子，类似一个扁些的球，从中间剖开，一边有铁皮相连，一边张开口子，把张口夹在癞蛤蟆眼眶上边两个凸起的大疙瘩上，用力一挤，像牛奶样浓稠的浆液就喷到夹子内壁上，待积得多了，就用竹篾刮进小瓶子里。回到家后，就在一块干净的玻璃上，把白色浆液摊平涂匀，慢慢地晒干。这需要清洁、细心，摊涂得好，晒出的蟾酥又白又薄，透亮光洁；若是摊涂得不好，晒出的蟾酥褐色难看，品相就差，价格上也相差较多。平常见到就觉恶心，唯恐避之不及的癞蛤蟆，却让我爱不释手，不再嫌弃，到处去逮捉它，只企望能多逮捉些，能多挤些蟾酥浆液，多挣些学费钱。我在读初中的几年，就是靠挤蟾酥解决了学费问题。

逮捉癞蛤蟆是很脏很累的事。癞蛤蟆多喜欢蹲在靠近水边阴暗潮湿处，因为要多捉它们，就要去沟渠水塘边的矮树丛、蒿草棵间，才能找到较为聚集的地方。树丛草棵经常会有蛇，我是非常怕蛇的，不过越是癞蛤蟆多的地方，越不会有蛇。有时找到癞蛤蟆多时，一边捉它，一边挤浆，就顾不过来，有些癞蛤蟆就爬到水里去了。所以我就随身背上只柳条篓子，遇到癞蛤蟆多时，挤浆忙不过来，就先把它们捉住放进篓里，然后再一只只拿出来挤浆。这样就可以多挤些，免得来不及捉有的就爬走了。

记得有次，我在捉癞蛤蟆时，见到有青蛙在跳，也一并抓住，一起放进篓子里。后来把癞蛤蟆挤浆放走，就把篓里的青蛙带回家，杀掉剥皮烧着吃。吃过之后，感觉舌头发麻，过了好几天才缓过来。先没在意是怎么回事，后来想起应该是吃青蛙肉吃的。原来是青蛙与癞蛤蟆放到了一起，癞蛤蟆外皮上的毒素，侵到了青蛙的体内。说来也怪，我那些年特别爱患"打摆子"，隔一天就要来一场，盖上一两条被子捂出汗才能退去高烧，但自从吃了沾有癞蛤蟆毒素的青蛙肉，那个夏秋天及以后就再没有打过"摆子"。

我不再觉得蟾蜍形秽丑陋。后来在读书、学习过程中，接受到成语"蟾宫折桂"，感觉蟾宫是多么富有诗意，也才知晓蟾宫原来就是月亮。因为在古代有只蟾蜍追求美丽的嫦娥,追到月亮上后,就被滞留在那里,所以月亮就叫作蟾宫了。先前怎么也不会把皎洁美妙的月亮,与癞蛤蟆联结在一起。看来,世上的事物,美与不美只是相对的,也是可以和谐相生的。美不只在于外表,更在于事物的本质。如果古今的月亮里没有了蟾蜍,月亮也许就没有了生动故事。因此,唐代诗人曹松才会写道:"无云世界秋三五,共看蟾盘上海涯。"

其实,其貌不扬的蟾蜍,在中国许多的艺术形式中早有出现。在民间的故事传说中,就有影响普遍的"刘海戏金蟾",寄寓着人们对美好爱情的愿望。明清之际,"刘海戏金蟾"的绘画非常盛行。在吉祥的年画上,寄托人们发财、富贵的寓意。

日前读到张宏明兄在《搜蟾小记》中说道:"从史前时代开始,蟾蜍的形象就作为神物进入信仰体系,进入艺术创作中,阳鸟阴蟾也因此进入传统的宇宙观系统中,成为阴阳观的主轴象征。"蟾蜍,早就是个神物,是个文化动物,在漫长的历史长河中扮演着重要的角色。

旧时还有传说,说是蟾蜍中有三只脚的,是金蟾灵物,若是能够寻到,就会大富大贵。现在有些商家在商铺特意设置的铜铸三脚金蟾摆件,就是寓意招财进宝。我当年在逮捕癞蛤蟆时,也曾梦想过发现一只三条腿的"金蟾",能够拥有一只灵物,就特别有心留意地去发现。可我就一直没能找到,看到的都是沉默忍辱的四脚癞蛤蟆。

卖瓜小记

又是瓜果飘香的季节。

现在,虽说一年四季都能享受到鲜美的瓜果,每一天都是香甜的日子,即使是在冰封雪飞的时候,也能品尝到天山哈密香瓜、兰州白兰甜瓜、海南麒麟西瓜,但这最多只能算作是日常生活快乐的"茶饮",远非是喧腾热烈的节日盛宴。因为这不是瓜果轰轰烈烈自然成熟、争抢上市的时节。

到5月,春去夏来,天气陡暖,便有性急的翠色酥瓜,绿皮红瓤,冒冒失失地跑上街头,在瓜农的篮筐里探头探脑张望,会被眼尖的路人惊喜一瞥。不久,各色各样的花皮香瓜,便也按捺不住,急不可待地纷纷跑向集市,很炫耀地占据店家的摊面,以喷鼻清香搅动人们的味蕾食欲。6月夏至,暑热袭来,瓤汁丰沛的滚圆西瓜,就轰轰烈烈拥进城市。只要高晴数日,骄阳炙烤,这才是真正到了大快朵颐、酣畅淋漓吃瓜的日子。此时,种瓜农民开着农用车,在街巷路口铺满瓜摊,空气中弥漫着西瓜的清凉甜味。

夏日里,天地如炉,炙阳流火,人们整日里像是处在烤箱、蒸笼里,酷暑难耐,寝食不安,西瓜成为首选消暑解渴佳品,人们纷纷奔向西瓜摊,就手拎、怀抱上几个翠绿滚圆的西瓜。

西瓜给炎炎盛夏带来沁凉,街头道旁的一处处瓜摊,是瓜农辛勤创造的一泓泓甘泉,承载着瓜农的许多期盼和愿望。每每越是热浪滚滚、暑热煎熬的天气,买瓜人多、价格高,瓜摊卖瓜人越是笑逐颜开、欣喜不已。若是遇到下雨降温,不太炎热的天气,买瓜人少、价格低,卖瓜人神情疲倦,眼光涩滞,无力地张望等待。现在,政府真情为民服务,城市管理逐步规范,每到西瓜上市,就早早在街头道旁辟出专门卖瓜摊位,给瓜农、瓜商们提供很多便利。

盛夏里每当看到摆放的瓜摊和等候的卖瓜人,我就不由得想起自己年少时卖瓜的情景。读初二时,自家的小菜地上,点种了几行香瓜,家境困难,父母不能给我们买东西吃,就种点香瓜来哄哄。谷雨掩籽,芒种掩秧,到了小暑后就结出喷香的瓜来。头茬瓜成熟,在星期天不用上学时,母亲要我摘上一篮瓜,挎到集市上去卖,好为下学期攒点学费。我读书的学校就在集镇上,到集市上去卖瓜会遇到老师、同学等熟人,我觉得不好意思,很难为情,无论母亲怎样哄来劝去,就是嫌丢脸不愿去。还是在父亲的威言胁迫下,才磨磨叽叽地挎篮香瓜去卖。一上午蹲在瓜篮后,头似豆芽样一直低着,不时用眼睛余光逡巡两边来人,见到有熟人老远走过来,就慌忙转过身去,凑巧有人问起瓜价,也不吭声。挨了半天,也没有卖出多少香瓜,只好悻悻地挎回来,被父母亲痛骂没有出息。

到了放暑假,父母在瓜行中找了两篮香瓜,逼着我到离家有五六里地的别的街市去卖,说是那里不会遇到熟人。我为了学费,只好无奈地挑着两篮香瓜去卖。但要知道那里虽没有熟人,可我们班上长得最漂亮的女生住在那里,她是借学来我们学校的，要是卖瓜时被她撞见，这将是多么让我羞恼不堪啊！我绝不能去那里卖瓜，只好到远处没有人认识我的村庄里转悠叫卖。走过两个村庄后，不知不觉就走到大河湾的庄稼地边，远远望去有些人在田里锄草。那时是各个生产队集体上工、干活，东一片、西一堆的，相隔有两三里地。我就挑着香瓜篮，奔着那些锄草人去。热辣辣的日晒下，农村人下地干活都穿着短裤短衫，男人多光着背，怎会有人装着钱下地呢？也没人会在地里干活买东西啊。待我走近时，锄草的人们见我是卖瓜的，都露出惊异、嬉笑的眼神，感觉到这太滑稽了。我又羞怯怯地走到另一处干活的人群，不料有人见我卖瓜，却兴奋地叫起来，说口渴肚饿，热得要命，正好买个瓜吃。原来生产队里有几个下放知青，这天兜里装着零钱，他们见我瘦弱单薄、汗流浃背，一看就是个放假的学生娃样，几人嚷着买瓜，还有些干活的人，大概也是口渴难受，经不起他们怂恿，也就向他们借钱跟着买，两篮香瓜一下子就卖完了。回到家中，父母问起卖瓜事，我也就不隐瞒了，说出是到大河湾的田里去卖的瓜，他们也只有哑然失笑。

到了改革开放年代，社会迅速进入市场经济时代，商品买卖、金融交易，成为世人生活常态，人们的商品经济意识渐浓。我虽在大学毕业后，正赶上全民经商的浪潮，但对想方设法赚钱不太上心，也一直不懂投资理财的窍门，仍然是缺乏经济头脑，老老实实地上班拿工资养家生活。

到夏天了，又看到街头上的瓜摊，我仍然会感受到那香甜氤氲背后的辛苦汗味。可毕竟是时过境迁了，现在的瓜摊后闪现更多的是快乐、富有的笑容——

嫩嫩绿绿豌豆苗

潇潇洒洒的桃花雪,又把开始回暖的早春装扮起来。路过菜场时,一片熟悉的嫩绿醒目在纷纷扬扬洁白的雪绒中。哦,正是它——豌豆苗。我急忙向前,没有挑拣,也未问价钱,就结结实实地装上一塑料袋,赶快回家去,想象妻子的笑脸定像这场雪后绽开的桃花。

妻子对豌豆苗一往情深,自有原因。今日回忆这些,好像自己去撕裂那已经愈合的伤痕。但真真切切地回味,能感受出生活和命运之轻重。

说起对豌豆苗最初的感受,妻子异常地平静,我听起来却揪心般地疼痛。那年,春荒又降临到这块贫瘠的淮河岸边,麦苗还不盈尺,饥馑的农村吃尽了春天里所有无毒的野菜。2岁多还不能走路的她,不知怎么就糊糊涂涂下了高陡的墩台,爬到离家较远的麦田里,捋起一把把嫩嫩的豌豆苗,大口大口吃起来。也不知过了多长时间,就躺在麦田里睡着了。家人找疯了也未找到,到天快黑时,幸好被一位大嫂路过发现,背回家来,她嘴角还涎着暗绿的汁痕。以后想起,那是人的本能,多亏那几把豌豆苗,挽救了一个同样嫩弱的生命。据说那年豌豆苗长得特别旺,捋下一茬又长出一茬,人们都说那是天意。

伴着一年一葱绿的豌豆苗,在豌豆苗涩苦的原汁里,泡着妻子的童年。她后来蹒跚着爬出麦垄,登上了大学的讲坛。虽然远离了生长着的豌豆苗,但豌豆苗的青绿始终葱茏在妻子每寸心田的皱褶里,艰苦跋涉的历程中漫溢着豌豆苗的馨香。

走进都市生活,日子逐渐好起来,妻子没因恬静安逸的生活疏远粗淡的豌豆苗,总是在早春上市时买些来,或蒸或炒着吃。我们成家后,每次在街市上发现,我也就从不问贵贱买回去的。

现在,早春嫩嫩绿绿、平平常常的豌豆苗已经上了上等宴席,变成了时新精美的菜肴,吃起来不再苦涩难咽,倍觉清爽香美。我们时时吃些豌豆苗,也不是为了追忆什么,只是经常吃它,倒是感到更加踏实、自信,更加珍惜生活。有时在对世俗的电闪雷鸣、意志消沉时,有时在各自心情不畅、唇齿失和时,往往一碟清淡的豌豆苗,就会吃得满桌温馨。

妻子正轻轻嚼食着今春嫩绿的豌豆苗,她又会品出什么滋味来呢?

清香扫帚头

大自然中生长着的各种植物，其生命的形状、情态，可以说是宏富千变，仪貌万象，长得都不太一样。有种草本植物，长在村前屋后，田埂地头，叫作扫帚苗，有的地方也叫独苔。春来，嫩弱幼苗，随风拔长，日见蹿高。夏时，已是潇洒卓立、葳葳蕤蕤的模样。它的主茎挺拔直立，可长高到一米左右，沿着主茎多生分枝。叶子无柄深绿，呈窄披针形，相对互生。整株扫帚苗的形态，基部渐窄，腹部宽圆，顶端尖瘦，好像是一把直立在田地上的绿色火炬。从情态品性上说来，扫帚苗生长得轩昂明亮，清隽朴实，既不妩媚、懦弱，纷乱随性，风流偶傥，也不笨拙、呆板，拘谨狭促，飞扬跋扈。它的好，不是以倩丽曼妙示人，而是凭清雅纯粹怡神。一眼望见，有诗的意象，像清流一样，在心底浸润沁透，相约自己的灵魂偕游，幽秘的欢愉在无意中萦绕。尤其是在清风悠悠时，见其款款摆动，在俗世中被磨钝的粗糙情感，便温润柔和起来。

扫帚苗外貌清正儒雅，内在却坚韧笃定，在看似平常的外表下，内蕴近乎傲骨般的刚毅。它在春夏时，梢头的嫩叶，可以供人蒸食饱腹；到了霜冻秋后，整株植物的躯干，能够自然形成可以扫地的扫帚。它的名字扫帚苗或独苔，大概是因此而得吧。它的生存哲学诠释了中国儒、道的内涵，还兼有佛学的情怀，可谓真正的儒为表、道为质、佛为怀。

但最为人美谈乐道、甘醇回味的,还是它那茎枝梢头的嫩叶。孟春初夏的清晨,人们像是采摘茶叶一样,把扫帚苗的尖梢摘下来,放到清水中洗净沥干,放上适量的面粉拌匀,然后放竹笸子上,在锅中隔水蒸熟,再用香油、蒜末调味拌匀,食之真是清香爽口,舌齿留芳。这简单朴实的食物顿时成为上好佳肴,很受人的喜爱。我们还吃过蒸槐花、蒸芹菜叶等,但都没有蒸扫帚头味道醇实。槐树花虽清香微甜,可水分较多,口感太水津。芹菜叶叶嫩易烂,口感稀软。但扫帚头蒸熟后,却是厚实筋道,具有醇香敦厚的品质。有次,与友人一起去县城聚餐,上了一盘蒸扫帚头,友人品尝后,却不知是何物,大呼好吃,连吃两碗,对其他菜肴置之不顾了。

我乡下老家的院子里,大概是母亲用秋后刚砍下的扫帚棵清扫院子时,上面的种子落在了土里,今年春天竟然长出一片蓬勃的扫帚苗。我回家后,母亲采摘些扫帚苗嫩绿的尖头,给我蒸食。我觉得非常好吃,食欲大开,连吃几次都不厌。母亲见我喜欢,就从春到夏,采摘了好多次,托人给我带到城里。扫帚苗生长比较旺盛,把梢头叶尖采摘后,过段时间,又会增枝添叶,不久又是绿云笼罩。这虽说有些影响到扫帚苗的长高,但并不会妨碍它风姿绰约。后来的嫩叶,口味虽有些涩滞,不及初春时味正新鲜,但笃定的内涵一直存在。

现在,我住在城里,虽说不上生活丰盈精致,但也是美食不断。能够经常吃些来自土地之上,积聚天地物华的扫帚苗,对于需要不断接地气的我,并不只是大快朵颐的快感啊!更何况是来自老家小院,为母亲亲手所采摘呢!

花生的碎忆

回到乡下老家,到村外去转转,邻近村庄的田地里,一块块、一畴畴的花生秧,嫩嫩绿绿,簇簇拥拥,椭圆碎密的叶杈间,挂满一盏盏金黄小花。

我老家原来是不种花生的,在我参军离开这里,这片土地上就没有见到过花生秧苗的模样。那时,花生在我老家那里可是稀罕东西。只有到过年的时候,有些生活稍为殷实的人家,才不知从哪里弄些来,炒上几把。那时,看到别人家孩子用手掰开花生壳,嗅到花生米的香味,可真是垂涎欲滴哦。村里多数人家,是把自家地头上栽种的晒干的葵花子,炒上两瓢,给来拜年的人和自家孩子嗑上一把,香香嘴。

那时我曾问过年老长辈们,我们这里为啥不能种些花生呢?回答是,我们这里的土壤有些板结,不是松软的沙土地,不太适宜花生的生长,能长出花生,但结的仁瘪小。但现在村边的土地,比起过去使用了不少的化肥,不见得比过去有哪些改善,怎么现在就可以种植花生了呢?想来,在那狠抓粮食大超《纲要》的年代,种植产量低,花生又是经济作物,是奢侈食品,连在自留地栽上几棵青菜卖,都要被割"资本主义的尾巴",又怎能够允许在土地里种植花生啊?

在乡里上小学时,记得在附近村子里,倒是见过两个经常吃炒香花生的人。一个是东村的大爷,说是大爷,当年也就五十岁左右,在天气稍冷时,时常见他穿着大腰裤,上身是粗黑土布的棉袄,外罩一件黑青土布对襟褂子,腰间扎一条长长的布条,头顶线织的可以折叠起成圆锥形的帽子,个头不高,面容和蔼。他侄子、侄女一大群,就是他自己一辈子没有成家。因此,在农村生活艰难困苦的那些年,他一个人无有牵挂拖累,在生产队干活,一年挣的工分,分得的粮食够吃,还能有几个零钱。除帮衬一下兄弟外,他一个人倒有些清闲时间。在农闲季节里时,常见他不逢赶集时也去集上。

集市和公社、小学校、烟麻站、供销社在一条土街上,平时冷冷清清,很少有人,偶有课间休息的学生和急需购点杂货的村人,在供销社的门前经过。只有赶到三、七日逢集的时候,小街上才会多些买卖的人。东村的这位大爷,一般是在快近晌午时才去集上,在不长的小街上踱上两趟,找地方蹲坐一会,然后就来到供销社门里的柜台前,买上大半土碗的酒,捧到门外不远墙角处。那里有个卖炒花生的老头,他就从那土蓝布盖着的破竹篮里,买上一捧炒花生,躺靠在太阳斜照的墙边,慢条斯理地半天掰个花生米,咂上一口劣酒,有一句没一句地与卖花生老头闲扯。一直挨到午后三四点钟后,再买上一捧炒花生放进兜里,沿着大路蹀躞着往家回,脸上是酡红,眼睛眯眯微笑着。路上只要遇到小孩子,也不论是哪村的、认不认得,就从兜里摸出几个花生,非要放到小孩手里,一边说着:"乖,这孩子长得,排场!"

另一个是下放插队的女知青,当年还没有结婚,住在我家北边的知青点上。那时,农村刚架设高音喇叭,公社广播站没有播音员,她嗓音好,又会说普通话,便被抽到广播站去当播音员。当时公社也没有房子让她独住,于是她就每天沿着我们上学的大路,早上去广播站,晚上仍回到知青点来住。人长得虽不算漂亮,但衣服是城里的式样,又整洁光鲜些,一眼看去就是城里人。走路时,喜欢一手插在裤兜里,一手前后摆动,不过幅度大了些,带动腰肢也有些扭动。她家在城里,父母都有工作,会给些零花钱。所以,她在傍晚天未黑回来时,走在路上不时从裤兜里摸几颗炒花生,一边品嚼一边把花生壳丢在路上。我多次在靠近路边的自留地干活,就听到一些上了年纪的婶婶议论:谁家娶上这个女人,以后还怎么过?

这事这人都过去这么些年了,要不是看见面前这一簇簇嫩绿的花生秧,将可能永久地遗忘了,未料想如此清晰的影像就浮现在我的眼前。

走进村里,经过每家的门口,有我认识的,还有不认识的,见我从城里回来,都亲亲热热地与我打招呼:"什么时候回来的?快进来坐坐,在这吃饭。"一边搬个凳子放到院子里,一边忙着从屋里拿些或炒熟或晒干的花生,一边吃花生,一边唠些闲话。

回到家来,母亲已将饭菜做好放到桌上了。母亲在煮熬稀饭时还放了两把花生米,我呼噜呼噜地喝起稀饭来,便觉糯滑香甜多了。

柳林树下野蘑鲜

我老家的村庄在淮河之南,距淮河有七八里路远。站在村庄北边的坡岗上,能够望得见淮河大堤上的树影,浓黛一线地横延在田野的尽头。在村庄和大堤之间,是平展开阔的河湾地,土壤细软,夜晚泛潮,适宜小麦、豆菽等农作物生长,只要不发生洪涝灾害,这片土地可谓丰饶高产的粮仓。俗话说:"三年收了大河湾,黄狗都有裤子穿;三年不收大河湾,被子改成裤子穿。"而要丰收高产,就得依赖淮河高高的堤坝。

我少年有段时间,曾在淮河高高的大堤下度过。那时,治理淮河水患,兴筑坚固堤防,淮河大坝受到积极的保护。在沿河长长堤坝上划界立碑,每几百米就有人在堤下筑屋守护。我父亲因是复员军人回乡,就被选派去守护淮河大堤,不让发生人为的损毁堤坝。

筑堤时因要固堤防浪,就在堤内河畔栽种几行垂柳,在堤外的堤脚栽种几排杨树。堤坝内外形成苍郁的杨柳树林,堤坡两侧长满萋萋杂草,真的是"袅袅古堤边,青青一树烟"般的景致。我非常喜爱这里,常常沉迷于河岸边的柳林。垂枝摇曳,翠叶婆娑,晴光朗照,通体澄碧。柳林下铺满平坦匀碎的细沙,赤脚走在上面松软舒爽。倚靠树干,眯起眼谛听清亮鸟音,静静望着宽阔的淮河里来往木船的白帆。

柳林里整天清旷静寂，因离村庄较远，村上的孩童不来玩耍嬉戏，也少有大人来。林间的沙地干干净净的，也不生野花杂草，只是在树下沙土上有些孔洞，多是知了或虫子幼小时蛰伏的穴。星期天或是节假日，我不上学，就形单影只来这里长久地待在柳林里，并不感到特别的孤寂。在柳荫下婉转清灵的鸟叫声里，摘些枝条，编个精巧的小柳篮或小鱼篓。有时对着淮河里近岸船只挥挥手，亮嗓吆喝上几声。

忽一日，在晴好的傍晚，父亲有些神秘地给我说，明晨起床早些，带我去柳林找样新鲜东西，是最近才听别人说的。次日，天色微明，静悄悄的柳林里还薄雾袅绕，影影绰绰，从柳枝上滴落的露珠有些沁凉。我跟在父亲身旁，循着一棵棵柳树找过去，刚走几步，就发现在柳树根边沙土里，蹿出两株白白净净、圆润新鲜的东西，形状玲珑别致，像是老式钢笔拧上笔帽，亭亭地站立在那里，有着清隽脱俗的可爱模样，顿时惹得心底一片惊喜。父亲轻轻地拔起来，放进柳条篮里。我好奇地问这是什么东西，父亲告诉我，是蘑菇，先前也没有见过。我们在柳下沙地往前寻有二里多地，就采拾了满篮鲜嫩蘑菇。

兴冲冲地回来，心中升起莫大的期待，欲知那鲜嫩的蘑菇会有怎样的美味，急切切地等待午炊。父亲从篮中挑选几个硕壮些的蘑菇，用手纵向撕成细长丝条，放进热锅，加些葱蒜末，快速翻炒几下，添进清水烧至汤沸，搅个鸡蛋泼进去，顿时清香扑鼻，沸汤中的蘑菇如同一条条银鱼，素白似玉，形色诱人。夹起几片入口咀嚼，细腻嫩滑，既韧且脆，真的是齿颊生香，异常鲜美。

那时，我们村庄那里虽有蘑菇，但并不很多，在雨后阴湿的田埂、沟边,能够看到一些,却是色泽灰黑或土黄,瘦细茎秆,顶部撑着圆圆伞盖,村里人辨不清有没有毒,也少有人采来食用。

但柳林沙土里冒出来的蘑菇与众不同,通体洁白,茎秆健壮,上部并不像伞盖张开,而是紧紧地裹着茎秆,似玉笋挺立,俊逸超俗,而又生机充沛,彰显其旺盛的生命力。

此后,淮河岸畔这片柳林沙地,就成为我魂牵梦萦的地方。清早去采拾蘑菇,便是我最欢欣喜悦的事情。只要我来到大坝,晚上住在这里,就会在清晨去采蘑菇。这种蘑菇喜爱潮湿沙土,在下小雨或有浓雾的清晨生长出来。因为夜晚沙土泛潮,加上露滴的湿润,要是在晴好的白天就很少见到。我有时按捺不住,也会在上下午时间,去转上两趟往复搜寻,心想会找到几个。偶尔也真能碰上早上漏采的,但多数情况都是空手而返。有时会发现一小块沙土凸出隆起,轻轻揭开上面的浮沙,有一两株胖胖的小蘑菇正待破土出来。于是,一阵窃窃的暗喜,又生怕被别人发现,就往幼小蘑菇上盖些沙土,捡些柳枝、柳叶放上去,留待明天早上,长大后再采。可这种自以为是、弄巧成拙的办法,多成了其他采蘑人的捷径了。

对柳林沙地蘑菇知道的人多了,如果早上起得迟了些,就会被更早起的人采走,不太容易采到蘑菇了。况且,采得勤了,蘑菇生长有限,也就更少了。以后多年,柳下沙地就再没有这种蘑菇出现。再后来说是为了顺利行洪的需要,把淮河堤坝内外的柳、杨树林全部砍伐去了。淮河岸边上的柳林沙地,也从此完全消失了。

那两年,采到的鲜蘑也舍不得吃,把它撕成丝,在太阳下晒干收藏,留待家中来了亲戚、客人时食用。那真是珍贵的珍馐佳肴啊,至今那鲜味醇香还回荡在舌尖上。

现在,我到外地多了,见过、尝过不少各种野生蘑菇,有不少精品稀贵的蘑菇,味道十分鲜美。也经常能在超市、菜场看到多种鲜蘑,买些菌种培植的不同蘑菇来吃,但都没有发现早年淮河柳林中的那种蘑菇。它不像平菇,弧叶色灰;不似口蘑,短茎盖圆;也不像金针菇,茎秆细长;更不似鲍杏菇,茎粗无盖。而灌河柳井鲜蘑茎秆遒劲,茎盖紧紧套着茎秆,不似其他鲜蘑那样伞状张开,形体匀称,精致曼妙,沉静内敛,不张扬显摆,保有自己的那份清芬素心。

和我结缘两年的柳林鲜蘑,我祈望再见到它的倩影多年了,它的形象我一直清晰地记忆着。

草末尘芥地皮菜

春寒渐收，雨水也逐渐多了。不疾不徐、不紧不慢地下场透雨。天未放晴，云脚低垂，淅淅沥沥的小雨时断时续，下下歇歇，悄然营造着随风潜入、润物无声的氛围。连续数日，屋前疏斜的树枝濡湿了，地里的土壤水汪汪的，不远的矮山也迷迷蒙蒙，明显感觉到空中的水汽丰沛充盈。晨晓微明，炊烟未起，村里的一些人已披上塑料布，戴上草帽或竹笠，背挎上竹篓、柳篮，去山坡湿漉漉的草丛捡拾地皮菜。

地皮菜，是我老家的叫法。其形状貌似木耳，水晶般嫩嫩的，无须栽培，纯自然天成，是一种平常却有些神奇的野生植物。名曰地皮菜，大约是因它一片片匍匐在地皮上，生长在地皮上。它隐匿在地面草丛里，无形无影，无花无果，在平时晴日里看不见，寻不着，杳无踪迹。但只待淋漓大雨过后，如同捉迷藏一样，便突然蹦将出来，倏地出现在山坡、河堤、田埂的草末之上，清灵鲜活地纷呈铺展。东一片，西一簇，素净可人，留待人们去捡拾，成为餐桌上一道美味佳肴。

在风和日丽的日子，地皮菜以微小的真菌和藻类的方式存活着，在雨水的浸泡润泽下，在僻静潮湿的环境里，便孕育繁殖，迅速生长，表面有皱褶卷曲，大小不一，厚薄不等，颜色黄绿色或暗翠色，呈半透明状。拿在手上，胶质嫩滑，有些韧劲，但没有水发木耳坚实、不易破碎。

地皮菜虽说身价低廉,却是一道口味独特的美食。看上去娇娇嫩嫩的,但有多种烹饪方法,能够凉拌、热炒、烧炖、做汤。既可以单独粗朴做菜,也可以与时蔬、肉类精制烹调。比较常见的有:凉拌地皮菜、地皮菜炒鸡蛋、地皮菜炒韭菜、地皮菜烧肉、地皮菜烧丸子、地皮菜豆腐汤等。地皮菜还可以用来做包子、包饺子,有地皮菜素馅的,也有地皮菜豆腐馅、猪肉馅的。无论是做成菜品,还是做包子、饺子,地皮菜吃起来都是口感清爽,软软的、柔柔的、脆脆的,还有些淡淡草木的清香。地皮菜不仅口味鲜美诱人,而且还特别富有营养。有研究表明,地皮菜富含蛋白质、多种维生素和钙、磷等微量元素,尤其是蛋白质高于鸡蛋、木耳、银耳等,具有清热降火、降脂减肥、清凉明目、补虚益气和滋养肝肾的作用,经常食用可以增强体质,缓解乏力,促进新陈代谢,减缓衰老,是非常有助人体健康的天然植物。

现在,我们在酒店、饭馆吃到的地皮菜,大都是晒干后用水泡发的,又加入了各种配菜、作料,已降低了新鲜地皮菜的清新本味。不像以前老家村上人,是刚从雨中或雨后,在山坡、堤坝上捡回的地皮菜,放在清水里反复漂洗几遍,漂去草叶浮末,在自家菜园割上一小把韭菜,放些辣椒、葱蒜,把柴锅烧热,炒上几盘。虽然没什么配料,但原汁原味,柔滑素爽,伴着泥土自然的馨香。

年少时,我常在春雨连绵多日后,顶着破旧草帽,披着塑料化肥袋,不顾料峭的春寒,与大人们一道,提着篮子,到家南面有三四里地的小山上,去捡拾地皮菜。脚下踩着汩汩泥水,在背阴湿漉的石块、草丛里四处找寻。每当找到一簇簇晶莹暗绿的地皮菜，心底就像春天般欢欣喜悦，兴奋雀跃。来捡拾地皮菜的人多，碰上运气好，很快就会拾到个半篮一篓的。否则，要多翻些山坡、多花费些时间才能拾到一些。回到家来，便可以大快朵颐，饱饱地美餐几顿。然后，把剩余的地皮菜清洗干净，赶快晾晒起来。如果赶上晴天出太阳，两三天就可能晒成褐色的干货，留待日后食用。若是遇到连阴雨天，地皮菜晾不干，就会稀烂化成水，很是有些可惜。

20世纪六七十年代，农村生活贫穷困苦，遇到灾害年景，缺粮无菜，到了春天青黄不接，饥肠辘辘的。那时，村里的人从风雨中捡回地皮菜，简单煮食，用来充饥填腹，挨过难关，在饥馑年月地皮菜成为度荒的天赐食物。那些日子整个村子都袅绕着地皮菜的味道，增添了不少温暖的烟火气。正像《野菜谱》书里的一首诗写的："地踏菜，生雨中，晴日一照郊原空。庄前阿婆呼阿翁，相携儿女去匆匆，须臾采得青满笼，还家饱食忘岁凶。"这样的情景，有时在看见地皮菜时还会浮出在眼前。

地皮菜身价低微，并不娇贵，可谓善质仁心。它生于贫瘠，长于粗陋，在阴冷风雨、僻静背阴的地方，安放清纯容貌，舒展鲜美的生命。它把姿态放得很低，低到泥土尘芥里，匍匐在枯叶草末上，献给世人的却是一道营养丰富的天然美味。

地皮菜隐身草末，现身风雨，可谓是朴实无华。它默然无声，并不张扬，远离明媚灿烂的丽日，生存清凉寂静的野地，如同沉潜的大智隐者遗世独立，给世人送来新的希冀和欢欣。

地皮菜虽长在草末尘芥，但本性清洁无秽，它只能存活在没有污染的环境里。原先在农村,雨后到山坡、堤坝、田埂草丛间,很容易就能捡拾到地皮菜。随着化肥、农药的使用,现在就很难有了,即使有也少而又少了。

地皮菜是来自草末尘芥的精华,是大自然对人类的馈赠,同时也是供给我们心魂的珍贵养料。

乌兰沙海那抹绿

在我人生跋涉的旅途中，最初几行坚实的脚印，是印在青藏高原的沙漠上。

孟春三月，我穿上了戎装，从草长莺飞、碧绿接天的淮河岸边，踏上了浩辽壮阔的青藏高原。触目所及尽是沉寂的戈壁荒原，直抵视野难穷的尽头，无边无际的单调绵亘，没有任何清新鲜活的景象。一种无言的悲怆沉沉地压在心头，戎马驰骋的激情笼罩着一层失落的惆怅。

在格尔木进行新兵集训后，我被分配到乌兰，兵营就在柴达木盆地东部的沙漠边上。乌兰，听起来多么富有诗意，想象它是个美妙的地方。可是，从兵营低矮的土墙望出去，却是一望无垠的沙漠，连绵起伏的新月状的沙丘如干枯焦黄的鱼鳞，像是浩瀚大海凝固的浑黄波涛。一座座灰黄的沙包无情地铺展开去，无丝毫生命的迹象。没有任何生命的蠕动，更无令人欣慰的些许绿意。在最初的那些天里，面对从未经受过的死寂氛围，我感觉每个毛孔都在战栗，心律像是要凝固。没能及时调适的心情，怎会去欣赏灿阳下金黄色大漠的壮观？又怎能体味出"大漠孤烟直，长河落日圆"的奇美？

我们的营区坐落在一道高陡的沙梁下，干打垒土墙围成的院内，几排同样干打垒的平顶土房，呈四方对称整齐排列，我们就在这营院内出操、训练和生活。爬上营院北边的沙梁,就是望不到边的随风移动的沙丘,刚铺轨的青藏铁路从这经过,沙梁恰好阻挡住无情风沙的吞噬,沙梁下的营区风平沙静,营院内的沙地早已被我们操练的脚板踩得平整坚实。可起初的一段时间,一看到空寂的天、单调的营房,满眼尽是枯黄,出操、训练时总是心情怏怏的,打不起精神来,操间会不由得流露出连根草也不见的喟叹。

过了些日子,有个星期天,从部机关战勤参谋下来任职的教导员,便带上一班战士,开着东风卡车去了乌兰希里沟农场,拉回了半车厢的浅绿草皮,召唤各班派人去分领。我们蓦地惊喜不已,简直兴奋极了,看着一小块一小块绿绿的小草,激动得直想掉眼泪,就像干渴的心田流进一汪汪清泉,焦灼的内心顿时滋润平和下来。于是,我们按照首长的统一布局划分,在各班班长的带领下,在营房前整理出一条平展的畦块,把小草精心地栽植好。之后,战友们都悉心地呵护这些小草,珍爱这片嫩绿。每天休息的时候,大家就会蹲在近旁,静静地观看小草的生长,关注它的细微变化。有时在明亮月夜值流动哨时,也会不由得走近草畦旁瞅一瞅。阳光暴晒或起风沙时,想着小草会不会受伤,及时给它做些遮挡保护。

高原戈壁荒漠,使人心底深藏恐惧,称为"死亡之海",就是因为缺少的是水。我们日常吃用的水,都是用水罐车从百里外拉回来的,平时洗脸、洗衣服用水都非常节俭,难得洗一次澡。但自从栽植了这些小草后,战友们就没有亏待过它们,就没有让它们缺过水。本来生活粗粝的军营男子汉,从此也就更加简单。

辑三 世漪记微

洗漱、刷牙用水能省就省,洗衣次数也有意减少。高原风沙多,每次洗脸要用些香皂,才好把头脸沙粒洗干净。战友们宁愿洗不净,也尽量不用香皂,这些洗漱的水不再随意泼掉,而是收集起来浇洒小草。平时脾气暴躁的军营汉子,每当接近这些小草,也就温顺细腻多了。

营房前,浅浅嫩嫩的小草渐渐地长高,茂盛起来,连成整齐的一条粗线,如同一个绿色的镜框,镶嵌在乌兰沙海的军营院内。我们就在这绿色"镜框"内训练、学习、生活,像是一张身姿健美、生动时新的巨幅相片。亘古荒芜的大漠应该记得,曾有一群血气方刚、青春勃发的男儿,将他们的一段人生风华叠印在这里,镶嵌在离太阳最近的高原圣坛,投射在高耸的昆仑雪峰之上。

乌兰军营那一抹绿色,茫茫沙海中那浅浅的小草,轻轻地抚平焦灼的心绪,给青涩的生命注入本真的原色,升起蓬勃的希冀,坚定人生执着的方向。也是那一片嫩绿的草色,带给我莫大的慰藉,它染绿了我征程的军衣,染绿了我那段青春岁月。

如今,漫步现代城市的街头,满街的碧树繁花、成片的芳草茵茵,展现亮丽迷人的风采。人们的审美意识和生存理念发生着深刻变化,正精心创造着舒适宜人的环境。可我的眼前总是浮现着遥远沙海中的那抹绿……

我有幸在生命的原色里,装帧着乌兰沙海那抹浅浅的绿。

佳曲天涯存妙音

我至今也不明白,为何会在那个地方那种氛围下遇见它。是冥冥之中的心灵感应,还是慰藉迢远思念的馈赠?也许都是,也许都不是。

那是青藏高原平常的周末午后,无所事事,步出营区。西去是浩瀚无垠的柴达木沙漠,一座座连绵起伏的沙丘。天空净得没有一丝云絮,视野之内看不到任何移动的物体。

我顺着平缓些的沙坡走着,不知走了多久,我突然听到有优美的歌声飘来,蓦地抬头望去,前方出现了平坦浅绿的草滩,不远处有几座帐篷和白色的羊群。我方醒悟已经走到了乌兰的希里沟牧场。

我异常兴奋地向帐篷走去,近到帐篷前,一彪悍藏族牧民掀帘走出,见我身着军装独自一人,眼中闪着惊喜的目光。他用生硬的汉语友善地和我打招呼后,便与我攀谈起来。连交谈带比画,他知道我是乌兰附近军营的铁道兵,是来修青藏铁路的。他上下打量我,从我清瘦的体型,便猜出我应该是来自南方的人,问我是哪个省的。当我告知他我是来自安徽时,没想到牧人顿时欣喜,眼睛瞪得大大的,连连地说:"安徽……黄梅戏……"他上来一把拉起我的手,拽进帐篷里,忙不迭地从红漆油亮的藏式矮柜上取出录音机,找出一盘磁带放进去,悠扬响起的竟是黄梅戏《天仙配》的曲调。事实上,我虽是安徽人,可家乡离安庆较远,并不会唱黄梅戏。只是到了部队后,每逢节假日有娱乐活动,唱《天仙配》唱段,便是部队安徽兵的保留节目。会不会唱黄梅戏,或吼得像不像那么回事,倒成了是不是原汁原味安徽人的标志。我只知道黄梅戏的唱腔柔美,受到很多地方人的喜爱,可万没想到,在这青藏高原的藏包里,居然能够听到它。心里瞬间涌动滚烫的热流,盈满眼眶的岂止是故乡的情,还有自豪虚荣的满足。

牧人说他特别喜欢黄梅戏,他的女儿也喜欢。他用手朝远处的草地一指。我刚才听到的曲调,正是他女儿唱的。他高兴地告诉我,女儿就要到青海民族学院读书。牧民这时热情地从藏柜上一排锃亮的铜碗中取出一个,又用块干牛粪擦了又擦,取来牛粪火堆上的茶壶,冲了一碗滚烫的酥油茶递给我。我虽不喜喝这膻腥的奶茶,但也略知藏民的习俗,仍憋足气喝了下去。我问他是怎么喜欢上黄梅戏的,他说他也受过些汉语教育,年轻时去省会西宁出席会议时,在那看过电影《天仙配》。电影中那草长莺飞的景色和黄梅戏的优美唱腔,使他迷醉了,后来他就把黄梅戏和安徽一起给记住了。20世纪80年代后,牧民生活改善了,他早早买了这录音机,托人购了这盘黄梅戏磁带,总是在放牧时听,百听不厌。黄梅戏优美的唱腔、曲调,陪伴他度过多少空旷荒漠的夜晚。

我们坐在帐篷中谈了许久,待我反应过来,已是夕阳垂落,早就应该归营了。他见我着急,立刻牵来一匹枣红马,把我扶上马背,然后他也翻身上马,策马朝我的军营驰来。快到军营时勒住马,让我下来,催我快些回营。我看到夕阳下的沙丘,此刻灿烂金黄,绚丽极了。

因和黄梅戏沾上亲,竟得到藏民如此的款待和看重。它让我体味到拥有某种美好事物的欣悦,对曾经拥有的东西,多了份珍惜和宝贵。

怀念那棵树

在这所大学校园东隅的宿舍楼,我一住就是二十多年。这些楼房大都建于20世纪五六十年代,建造比较简朴,经过六七十年的风吹雨淋,早已显出老旧破损的窘态了。但楼前屋后是深树浓荫,便道两边也是花木扶疏。有多户住在一楼的爱花人家,便在低矮的围墙边上,种上几株蔷薇或金银花,绵长的枝蔓爬蹿整个墙头,开满红、黄、白细碎的花朵。每每走进这里,顿觉幽雅静寂、清馨宜人。尤其是新春来后,深绿的爬山虎疯狂地爬满青砖墙面,又去占领木格玻璃窗户,郁郁葱葱蹿满四周窗沿,更增添了无尽的风雅逸致。

我人生中最美好的年华是在这里度过的,我熟悉这里的树木花草。校园里生长着很多的树,特别有两条路的两旁,高树粗壮,一人不能合抱。树冠相交,绿云匝披,我平日上下班经过这里,犹如是在绿色的隧道内穿行。在闲暇的夜晚散步,往往会不觉停下来,注视着从教学楼倾泻过来的明亮灯光,品味着密林枝叶间灯影的静美。我常常想:这个校园,是因了树,而静谧;是因有树,而充沛;是因为树,而景明;是因为树,而蕴藉。

我住在三楼。十多年前初夏的某日,我站在阳台上无意间突然发现,在一楼小院东南角上,不知何时竟长出一棵挺拔小树,树干浑圆笔直,树皮青嫩光滑,没生枝丫,摇摆着巴掌似的叶子,实在是亭亭玉立清隽的模样。不知是一楼人家有意撒种生出,还是栽种的树苗长成。先不知是什么树,后打听才知道是泡桐树。小树长得非常快,可以说简直是疯长。经过一个夏秋阳光抚育、雨水滋润,小树竟然长到快有围墙高了。冬日里,树叶落去,只剩匀称修直的树干,兀立在小院角落里。下雪的时候,它彰显出筋骨坚强峭拔的形象。

来年春至,熏风又吹。小泡桐树旺盛得生机勃发,催动蕴藏一冬的欲望,舒展洒脱身姿,又开始了它疯狂的生长,很快地蹿过围墙,沐浴墙外更强的清风骄阳,承饮大自然的朝露晚风,不觉间树干上方长出枝杈,向着几个方向伸展,形成了亭亭的树冠,轻风推送下,树冠款款摆动,便有了树的丰饶风姿。之后,不到四五年的时间,泡桐树的树干差不多有碗口粗,展开的枝杈已延伸到我的窗下,浓厚的树荫铺向半个小院。我站在阳台上或立足窗前,能够闻到它独有的与众树不同的清新气味。

泡桐树是先开花再长叶。每年几场潇潇春雨一歇,在清明前后,沉寂光秃的枝丫间就会绽出些芽蕾,不要三四天就热闹起来,粉紫的花朵成串"燃放",开得热烈奔放,如火如荼,真正称得上是花团锦簇,云蒸霞蔚,极为绚丽烂漫。泡桐花花朵较大,花形简约,单个形状如同悬挂的金钟或喇叭,几朵几朵、成串成串簇在一起,形成丰盈的花塔,花姿曼妙诱人。花的香味并不高雅浓烈,飘逸着恬淡、幽远、空灵的味道,时时能够嗅得到。花期在三四月份,可以开上个把月。这段时间我若待在家中,便陷入花事中,不时朝外一望,总是紫云彤彤萦绕,仿佛总能听到它叮叮当当延绵不绝的花鸣声。

辑三 世漪记微

明艳花期过后,泡桐树才会伸出蒲葵似的叶子,似随清风摇摆,驱逐炎夏的炙热。它宽大平实的叶面,铺成伞盖形树冠,在有雨的日子,雨珠或急或缓滴落的声音,天籁般地传过来,闭目卧听,心头清寂沁凉,无有半丝尘念。在秋月明净之夜,阔叶剪碎一枚枚心形投影,抛洒一院。十多年里,这棵泡桐树带给我无数的愉悦和感动,给我平庸的生活增添无尽的希冀和诗意。

三年前,这棵泡桐树长得有两尺多粗了。一日回到家中,感觉窗外明朗许多,好像少了些什么,推窗望去,原来窗外的泡桐枝叶不见了。再朝下面小院看去,泡桐树的树冠不知何时被锯掉了,只剩下光秃秃的树干。顿时,不禁揪心痛惜!为何要这么做呢?少时寻思,或许是泡桐树树荫太浓密了,遮蔽明灿灿的阳光,使一楼的住户屋内阴湿,给家居生活带来不适,我们这些住楼上的能享受泡桐树的诸般好,怎体会到住一楼的苦衷呢?锯掉些树冠枝丫也在情理之中。可过了半年后,那光秃秃的树干又被拦腰锯断,仅留一截不高的树桩。这倒让我有些不理解了,好端端的整棵树干,为何要锯成这样呢?到了年底入冬时,听说住在一楼的人已经调到外省高校去了,走之前不知出于何种想法,索性把半截树桩也刨去了。从此,这棵树就永久消逝了。

到外地去,有点时间我都要到当地的知名院校转转。我不太喜欢观赏都市华丽喧嚣的场景,倒是喜欢感受校园清幽静深的环境。我发现一些著名的院校,校园树木也很多。建造久远的名校,更是树大叶茂。要知道一所学校是否历史深远,只要看看校园的树就知晓了。走在当代的校园,环峙皆是壮观气派的楼群。校园规划讲究,布局有序,建筑新颖,极具现代感。虽也遍植花树,绿草绵缀,却没有高树林立、浓荫深掩的意趣,也少许多含蓄、内敛、深潜的韵致。

我时有所悟:校园是要有大树的。

又是春天了,我又想起那棵树……

海南会更美

　　碧蓝海水浩渺地朝着远方无穷展阔，在极目的尽头与蓝天、白云相接。俊秀的椰子树随处亭亭卓立，桫椤清雅的枝叶飘逸流韵。火焰木绚丽繁盛的花朵率性恣意地怒放，梦幻般的三角梅浪漫在岛野的每个角落。阳光、沙滩、椰林、花潮……赤足踏踩沙滩，挽衣嬉逐浪花，浴风漫步林荫，此时唯有脑廓虚空，心胸澄清，没有一丝烦思妄念。海南岛迷人的天海胜景、丰韵的岛域风情，真是让人神往梦萦、醺醉忘返，在这里的每时每刻都温暖如春。

　　海南风光旖旎，气候宜人，确实是游览、休憩的胜地。来过海南数回了，可近些年没能来。这次是在央视工作的女儿休假，带着我们夫妇和3岁的外孙女，飞来温情的三亚避寒度假。

　　我们乘坐的班机，在合肥新桥机场延误三个多小时才起飞。到达三亚凤凰机场时，已是夕阳落入大海，霞晖斜照染红椰子树、凤凰木雅致的树冠。顾不得欣赏眼前美景，马上联系到来接我们的司机，抱着宝贝外孙女和刚脱下来的羽绒服，走进人车攘攘的停车场，匆匆上了车前往酒店，到我们入住的清水湾莱佛士酒店，还需要一个小时的车程。从白雪飘洒的合肥，来到如同初夏的三亚，急忙脱下早已穿不住了的厚棉衣。在夜色渐浓中来到灯光璀璨的酒店，拿下行李、衣物等，感到有些疲倦。坐在接待厅的宽大沙发上,一边等待办理入住事宜,一边整理脱下来的衣帽,突然老伴发现她的卫衣不见了。细细想想,是在机场慌乱走路时抱着掉了,还是在酒店下车时遗忘了?也不知是何时何处丢失的。这是她刚买的品牌卫衣,就这样丢失了,真是懊恼难受,心里不快起来。办好入住手续后,往客房去的路上,想到是酒店专车接的我们,试着问问司机,看是否将卫衣遗忘在车里了。电话打过去,司机说衣服丢在了座椅下,正要给我们送到接待厅。得知卫衣没有丢失,顿时心情轻松。

三亚清水湾,天蓝海碧,远近澄明。莱佛士酒店面朝大海,繁花盛开,翠树绿林,走出客房就是浩渺的大海、绵长的沙滩,枕着波涛入梦,躺在沙滩上沐阳,尽情享受自然的美好馈赠,感受生活的舒悦安馨。接下来几天,我们游览了天涯海角风光,漫步亚龙湾、海棠湾海滨,徜徉热带天堂森林公园,领略亚特兰蒂斯的建筑艺术,品尝椰子、杧果的浓烈香甜,乐此不疲地陶醉在碧海蓝天、椰风海韵的美景里。更何况还有可爱灵巧的小外孙女依偎在身边,指东问西,莺声笑语,又增添了许多至真至爱的天伦欢悦。快乐的时间尤显飞快,不觉间在三亚度过了一周的旅期。

离开三亚返程时,从清水湾酒店到凤凰机场的专线大巴,行驶时间或太早或太迟,女儿便订了网约车去机场。我带着外孙女坐在车的后排,一边护着她嬉闹玩耍,一边再贪看几眼车外景色。外孙女要去我的手机,小手指刷看她的照片,还悄声地问:还来海南吗?到了机场下了车,推着行李箱,抱着外孙女,就径自进了检票大厅。在稍做停顿时,我下意识摸摸衣兜,猛地一惊,手机没有了,急忙上上下下搜寻个遍,还是不见,确实是丢了。我想起来是在车上看手机后,顺手放在身旁,到机场后抱着外孙女就急忙下车,忘了拿身旁的手机了。我非常气馁和心痛,此次海南之行,难道冥冥造化使然,非要丢失物品不可?来时丢失衣服找了回来,回时又丢失手机。女儿一边安慰一边打电话,看能不能找回。来机场是叫的网约车,到机场落客处下人后就开走了,不比来时坐的是酒店的接待专车,手机是新的,价格又不菲,肯定再不会找回了。不想接通司机电话后,司机回话停车查看,接着就说手机丢在后排座位上。他让我们到刚下车的地方等,这就送过来,此时司机都已经驶离机场了。我顿时心情释然、愉悦起来,没料想这次美好的海南之行,会平添如此戏剧性的经历。

想来真是有些巧合,这次来三亚,刚到时丢衣服,要离开时又丢手机,两次失而复归,被好心的司机送回,使得本来就被天海景色喜悦的心情,又有满满的真切感动。我们两次丢失物品,真的是巧合,但两次得以及时送回,绝不是偶然。这真实反映出三亚旅游服务业人员良好的素质和精神风貌。

这次三亚旅游度假,看到如今的海南,到处蓬蓬勃勃、生机盎然,一派新鲜谐和的景象。不仅椰风海韵的自然风光更加迷人,漫长的海岸山湾,现代时尚的惊艳建筑、度假酒店、别墅群,鳞次栉比,新筑打造的人文景观,给游客强烈的视觉冲击力。尤其是在成为自由贸易区后,海南变得越来越美丽。当然,海天岛屿美景,来自自然造化。但美的创造奇观,必定源自美的心灵。前些年,人们来海南,在游览美的海岛景色时,也会有购物、游览的一些不和谐的怨怼。我们这次三亚之行的经历,让我们深刻感受到海南明天会更美!

来自天堂的捐款

被人生的风风雨雨磨钝的心，应该是不再轻易敏感动情，但在2020年伊始，泪点却降到了很低。年来月余，面对这个无常失衡的冬春，流下了太多的泪水。当突如其来的新冠病毒疯狂袭来，只能长时间地困在家中，焦灼痛心地关切着疫情的发展，整日注视着不忍心看又非要看的电视新闻，常常禁不住泪湿面颊，为迎着汹汹疫情逆行天使感佩涌泪，为不畏生死的普通志愿者感激落泪……近日，更为一位已逝长者的抗疫捐款而感动流泪。

这段日子，大家最愿意说的话是：没有过不去的严冬，没有迎不来的春天。眼下这个难忘的冬春，在与凶险恶魔的抗击中，中国人所表现出的坚忍不拔的精神和崇善向美的人性，所迸发出的万众同心的抗争力和战胜灾难的意志力，惊天地，泣鬼神！正是中国人民不惧生死、共克时艰的巨大牺牲和英雄气概，又一次打赢了人类生存的争夺战、保卫战。惊蛰已过，万物萌新，面对疫情下的春天，温暖花开。现在，我们可以从阴霾沉寂中提振精气，开始积极缝合巨大灾难的创痛，为这失容的春天恢复动人的颜色，为奋力拂去这场灾难的尘灰，而义无反顾、奋不顾身，凝聚成坚不可摧的巨大力量。日前，全国广大党员干部响应号召踊跃捐款，与向死而生的前行者们进行爱的传递，筑起跨越灾难剧痛的大爱桥梁。我获悉在疫情防控阻击战捐款中,有不少耄耋羸弱的长者,竟主动捐出超过标准数倍、数十倍的捐款,其中就有为广播电视事业默默奉献一生的邓禹猷长者的捐款。捐款之时,他已逝去月余,在高远的天堂之上。这份来自天堂长者的捐献,不仅炙热滚烫,而且真切纯正。它是这位老者在去往天国途中,仍对所热爱的人间遭受灾难真情的关切,是对人间深情的眷念。

我与这位已逝长者不是很熟,更没有密切交往,只是因为在工作中与离退休老同志有过交接,对这位邓老有些深刻印象:他相貌清癯,干练,性格质朴真诚,谦虚温和,给人认真踏实、兢兢业业的感觉。在组织老同志集体活动,或参观、学习时,会时常请他解读文件、谈体会、说感受,他都会认真准备,不敷衍应付。虽然岁数较大,认知见解不新,语言词汇陈旧,却尽力而为、谈论实在,不说违心假话,有着自己坚定执着的初心、本真和底色。年前,我听去慰问的同事说,邓老重病卧床已住院多时,情况不太好。正月十一立春日,就从微信群中得知,享年94岁的邓老逝世,我便第一时间在微信中发图合掌致哀。他离世的2月4日,新冠病毒正在疯狂肆虐,国人面临巨大灾难,在弥留之时,他嘱咐家人,要代他向灾区捐款,亲人完成了他的遗愿。

人生在世,总要有一颗素心,应以净水洗濯养护;总要有一种信念,应以坚信执着不移。在这个令人难忘的春天,有人献出了宝贵生命,有人捐出了急缺物资,有太多的温暖人心、感人至深的故事。

疫情还未结束,我们看到了一些依附在邪恶病毒上的丑恶

"细菌"出现,丧尽天良的劣质口罩,泯灭人性的欺骗陷阱,还有利欲熏天、唯利是图的行径,但是总有善良美好的人性光芒,穿透阴暗雾霾,照亮这个世界。

路边闲眼观棋局

临近一家大医院的路口,我每天上下班都要从此经过,这里的人流密度也比较大,总是熙熙攘攘的。在人行道边,有时聚集着几个人,有时则围拢起一圈人,或低声耳语,或吵吵嚷嚷。在中间的地上,蹲坐着几人,面前摆放一张棋盘,零星地布着些棋子,一看就明白,这是盘象棋残局。凑近的一些人神情张扬,情绪激动,对着棋盘比比画画,指点着残局,高声大嗓,纷说高招,争论不休。一方说这棋随便就能赢;另一方则激辩说赢不了,肯定是输棋。一方讥讽:这棋你都看不出输赢,还下什么棋?另一方驳斥:你才能看出几步,就逞什么能?双方互不服气,各不嘴软,话锋尖刻,语气逼人,往往争得吐沫四溅,面红耳赤。有的还拉扯住身后围拢的人说:你看你看,这不是明摆着的吗?唉,他就是不承认!这时也总会有人说话道:这有什么吵的,你们比一下,不就看出水平了?于是,总在此时会有个摆设残局的人,急忙把棋盘、棋子摆弄好,说道:那就比试比试,来,看谁愿意下。最先吵嚷的几人,一边环视围观的人有无应对的,一边挽袖子捋胳膊,噼里啪啦对弈开来。几个回合后,马上便见分晓:赢的人趾高气扬,得势不让人;输的也不服气,辩说是走急了,被逮了个"漏眼"。接着便怂恿、鼓动围观的人说:这么占优的棋,多出几个子,肯定能赢!我不行,这里有的是高手,他们还没出手呢。

说真的,那些残局,虽说子数、兵力、态势各不相同,但大都是精彩的对局。粗看棋势好像优劣悬殊,输赢显现,实际上步步陷阱,最准确、最好的着法,也只能是下盘和局。看似能赢的一方,若骄横轻敌,一步走错,即顿时落败。中国象棋实在是中国人的大智慧、大聪明,简简单单的横五竖九几条直线的垂直交叉,七种棋子的布阵厮杀,就能演绎出千般计谋、万种韬略。我多次看到围观的人,有的认为已觉赢着在胸,胜计心成,便跃跃欲试。还有的经不起怂恿、挑动,甚至被激怒,走上前来蹲下捉棋对阵。也就在这时会有人说,都认为自己水平高,那也不能凭空白费力气比试,也要搞点小刺激分个高低,便提议双方各押十块钱,谁赢就是谁的。接下来,输棋的一方,也只能臣服对手棋高一筹,只好缴出十块钱。还有的要和对手红黑方对换,再下一盘,结果还是个输棋。此时,围看的人中间就会有人心也痒痒、手也痒痒起来,掏出十元、百元押上,蹲下来捉子比拼,未经几招便败下阵来,所押钱币悉数落进别人囊中。曾看到有次那个摆残局的人,高声说是今天真遇上高手了,他输得心急眼红,便将腕上的名牌手表摘下押上,结果几招下来就认输了。赢家在众目睽睽下,套上手表兴高采烈而去。众人也就议论开来,便相信残局说不上哪方能赢,就看各人的水平如何了。不过,数日后再路过这里时,我看到摆设残局的那人手腕上,还戴着别人输掉的那块表,围观的人中,还是那几个熟悉的面孔。

记得诗人唐彬写有组诗《棋谱》,用变幻莫测、难以臆测的态势,来象征、暗寓万象纷呈、深奥广袤的现实社会,对社会生活进行理性的审视和把握。其中有这样的诗句:"网络的经纬/编织了眼镜蛇和毛毛虫的寓言""许多种野兽从掌纹里出没/许多种猛禽在掌心上放飞",生动揭示了繁复缤纷的社会充满矛盾与抗衡。而形容"将""帅"之间的楚汉谋略时则是:"于是/把弯弯的佩刀拉折成弯弯的弦月/将滴血的心射向夜色的幕布/于是/把赤道的弧线/改写成蜘蛛的脚印/将痉挛的手攥成小小的坟丘"。这既是描写了象棋中将帅相对、兵卒相抗的对弈场面,也是暗寓了社会生活中存在的复杂微妙的关系。有时一盘精深的弈棋,无疑也是一幅缤纷的社会生活画卷。

近日,路过那街口时,无意中看见我所认识、尊敬的一所名校的校长,站着在观看路边的残局对弈。想来是他最近办了退休,不然哪有闲暇这样闲适地观棋?我只是担心他会不会也上场去应战,他能多年领导着一个智慧闪烁的团队,不见得能赢得了区区的残局棋势,但对他的棋艺水平,我不会怀疑。可是,他能辨析出路边弈棋中的玄机吗?

前楼住位票友

在我家前面的楼上，住着一位很上点档次的票友。他在若无其事时，总要哼上几嗓，经常能够听得到。但比较固定的时间好像是午饭和晚饭前，会不会是一面烧饭做菜，一面唱上一段，就不得而知了。从唱出的腔调听来，绝无疙疙瘩瘩、漫不经心的感觉，倒是给人有种一招一式认真唱做的印象。反正每天到这一时间，我会免费欣赏上一段京剧唱段，况且字正腔圆，如银珠落盘，又极有韵味。有时自己在拾掇极不情愿做的厨房活计时，也似乎多了一份好心绪。

这种唱腔响起不会给人以噪音的厌倦，清且亮的韵律更会使人心爽神怡。一日我故意嘟囔一声，这天天喊叫，还知不知道累？自己也不嫌烦人？不料妻子马上反唇相讥：谁人能像你，一点生活情趣也没有，对生活没一点热情。是的，能不能上升到热不热爱生活，暂且别论，但要是让我干些显鼻子显眼的事，这倒是有些难。我生性怕出风头，这些年干的也是不显山不露水的具体工作，用场面上的话说，叫作竞争意识不强，用俗话来讲，就是没出息"不出趟"。所以，即使我的嗓音很好，恐怕也不会随处去唱的。

也可能是年龄逐渐增大的缘故，近年来，我逐渐对京剧感起兴趣，总觉得那峰回路转、绕梁不尽的韵味，越是品咂越是余味无穷。记得上大学那些年,一听见京剧心就烦,情节半天不动,一句词哼半天,耐不住性子着急,现在才悟到什么是欣赏艺术。

在居住楼内免费听京剧,反而对那些以说代唱的流行歌曲,边唱边跳的劲爆表演,倒是没有了兴趣,越发觉得轻狂、喧嚣,听唱京剧才感到嗓音的本真。前楼上那清亮脆响的嗓音,是那样的甜美,那样的隽秀,没见其人,只闻其声,便能想象出肯定是位貌美如花的年轻女子。不想有一日,妻子在楼下院内,把那唱京剧的指给我看,却是一位上了年纪的男子。我倒是有些失望,却多出些尊敬。那么优美亮丽的腔调怎会是他唱的呢?不像时下有的歌星,人是越发地靓,嗓音却不见得美。

韵味醇酽的京剧唱段,仍不时锲而不舍地袅袅传来,我的菜也炒得正香,为日常生活所累所困的心,仿佛间也放了些"鸡精",于平淡中透出些鲜美的味道,多了些尝头,多了些咂摸。

拥读赠书

虽说时有拙作见诸报缝,有些浅陋著述成册,但远远够不上是著作文人。多蒙师长友朋不嫌我浅浮,也常将他们的大作惠赠于我。数年以来,那些赠书已在我的书橱上站满了紧实的四层。我把它们排列在最醒目的位置上,这样我随时都能看到。不时站在书橱前,就心怡神舒,手指一次次轻轻滑过精美的书脊,好像抚过一张张智慧而友善的面容,抚摸着一个个奔突思索的灵魂。时常,在夜晚台灯柔和的光影里,我爱从书橱上抽下一摞放在书桌上,一本本轻轻地摩挲翻动,心里异样的欣慰和踏实。捧着的是一座座精神的高山,拥有的是真诚的友情和信任。

这些精美的书,款式多样,风格各异,有的装帧精美豪华,有的设计朴实大方,体现了不同的审美造型和艺术追求。扉页上有着作者不同风格的亲笔手书签名,有的刚硬健挺,有的圆润疏朗,有的则古拙奇崛,无不体现着相赠者的情趣和性格。在这些赠书的著述者中,有我的师长学兄,有功勋卓著的将军,有学问深厚的教授,有创作颇丰的作家,也有才华横溢的才子和孜孜以求的业余作者。书的种类既有理论书籍,文学作品,也有书画集,理工科专著。我如同沐浴在师长友人厚爱的长河里,常有春风拂心头,常有鞭策抽在身上,也常有愧疚烧于脸上。

我是个平常人,也脱不了凡俗,但能钟情于好书。朋友交往相聚,华宴琼浆,我都兴趣不大,若是以一本新作赠予,我会引以莫大的荣幸和满足。甚至薄薄的几页纸,对我来说是许多琼浆玉馔所换不来的。这一本本浸透智慧的书,是精神王国里不凋的玫瑰,是一汪心血的璀璨化石,这难道还不弥足珍贵吗?

天有阴晴,月有圆缺,人生有浮沉,命运有悲喜,在阴湿的心事困扰着我的时候,阅读朋友们的这些赠书,顿时如阳光驱走了灰暗的情绪。一道道智慧的光芒,会使我忘却所有的不快和沮丧。所以,在许多的日子里,我端坐窗前,蜷在破旧的藤椅里,舒衣净手,泡一壶酽茶在案,捧一本新作在手,即使窗外雪飞冰凝,我不觉寒冷,即使商海涛声正浓,我也不会浮躁。

我常想:居室虽陋,但有这些华章,可蓬荜生辉。虽孤独寂寞,但有这些师友相伴。和这么多写出美文的人交朋友,我不觉得富有吗?和这么多思想的巨子打交道,我还会孤独吗?不会的,感谢朋友使我拥有这么些丰实的财富!

信你不会就此去

这确实是件大度之人所不足挂齿的小事,可我还是会想起它。

那是初夏之夜,M君叩门来访。他是一所高等院校的理科学生,我爱人兼代他们的写作课。他对所学专业不感兴趣,却偏偏爱好文学,对写作课表现出极其浓厚的爱好。我是文学专业的,也时常写点东西,所以,M君和我们之间很容易沟通。那晚,我们侃得还算投机。他时时表现出一副痛苦状,和我谈对文学的痴迷,对现在所学专业的厌恶,他那种对文学极其虔诚的神态,令我激动了好些时候。

三四个月后,他来向我们借些钱,说要去参加北京鲁迅文学院的函授学习,同时送我阅看他发表在一个少年刊物上的短文。我爱人是个古道热肠之人,未等我说话,她已经拿出些钱给了M君。那个月我们的生活过得捉襟见肘。

半年一晃而过,再未见M君登门。我们想他又上函授课,又要应付专业课学习,哪里还有多余的时间来我们这里聊天,我决定抽时间去看看他。

到了那所院校,问起他的同学,同学说他早已翩然远去。问及班主任老师,老师说已被勒令退学数月。再问原委,原来此人素质太差,缺乏纪律观念,经常不知去向。我内心戚然,联想他为文学付出的惨重代价,不禁为之扼腕叹息。但我转而寻思,顿生疑窦:既然已退学返乡,为何不说上一声,为何不辞而别?

回家后,我和爱人尽量展开想象:他可能忍痛而去,是不好意思告诉我们被勒令退学。也许不想与我们告别,是想将来做出成绩后再告诉我们。可是,没过几日,我们的幻想就被打破了。那位班主任老师打电话来说,这个学生以借钱学习为由,诓了不少人,最近经常有人找上门来讨债。我听得目瞪口呆,浮现在我眼前的是他对文学极虔诚的神态,这让我怎么也无法将他与骗子连在一起。也许他有某些难言之隐呢?我这么想。

这些年,我总不忘翻动他所在省份的报纸、杂志,寻找他的名字,却一直未能见到。也许,他已放弃文学梦想,已另有他图。但他会成功吗?

先哲早有睿言:画品取决于人品,首先学会做人,才能学会作画。作文岂不亦然!

写在后面

　　人生是一段向前的既定旅程。其跋涉的踪迹，或曲折，或顺达，或短促，或舒缓，都要走向生命的必然终极。但即若流星倏忽瞬逝，或似蛛丝纤细一绺，总会留下长长短短、深深浅浅的印痕。人生奇崛陡峭、文华绚丽斑斓的苏轼曰："人生到处知何似？应似飞鸿踏雪泥。泥上偶然留指爪，鸿飞那复计东西。""雪泥鸿爪"，其印迹如是的清晰、独异和浪漫，其心性如许的通透、旷达和洒脱。世人有几人能及？

　　我从一片敦厚的田野走来，裸足踩过田埂，沾脚裹足的是朴实而斑驳的泥块。后来，我幸运地穿上了"鞋"，走向更远的远方，走上庄严浩渺的青藏高原，走过无数个星宿梦境和熹微黎明。虽然风雨兼程、奋力前行，但我的足迹是浮浅轻微的。因而，我生命的旅程只是属于素履浅痕。

　　一路向前的履屦里并非装满阳光，常会不期沾满浊泥。赤脚插进泥坑，索然了无牵碍，率真自然；倒是跋鞋蹚过泥淖，却被沉滞羁绊，负累困顿。我一直钟爱与痴情的文学，我是用它清濯鞋履积重的泥汀。即使改变不了旅程的蹇难，却坚持释放所负的困惑、劳顿和悲伤，它始终占领我人生所有的闲暇、孤寂和虚空,以一种自我救赎、自我执着的态度进入我的生存方式。我愚钝笨拙地营造文字空间,努力叙述与我生命相会的自然、世人和尘事,描摹出我极其浅微的足痕和心迹。

薛 超
2023 年 4 月